SPRING 野

更具体地生长

All This Wild Hope

경청

김혜진

猫舔过伤口

[韩] 金惠珍 /著

山异 /译

广西师范大学出版社

GUANGXI NORMAL UNIVERSITY PRESS

·桂林·

图书在版编目（CIP）数据

猫舔过伤口/（韩）金惠珍著；山异译. —— 桂林：
广西师范大学出版社，2025.3. —— ISBN 978-7-5598
-6865-7

I. I312.645

中国国家版本馆CIP数据核字第2024BQ7580号

著作权合同登记号桂图登字：20-2024-023 号

MAO TIANGUO SHANGKOU
猫舔过伤口

作　　者：（韩）金惠珍
译　　者：山　异
责任编辑：彭　琳
特约编辑：徐　露　赵雪雨
装帧设计：郑在睡　汐　和 at compus studio
封面插画：龚　晨
内文制作：陆　靓

广西师范大学出版社出版发行

　广西桂林市五里店路9号　邮政编码：541004
　网址：www.bbtpress.com
出版人：黄轩庄
全国新华书店经销
发行热线：010-64284815
北京启航东方印刷有限公司印刷
开本：787mm×1092mm　1/32
印张：7.875　　字数：118千
2025年3月第1版　2025年3月第1次印刷
ISBN 978-7-5598-6865-7
定价：48.00元

如发现印装质量问题，影响阅读，请与出版社发行部门联系调换。

"活着很辛苦吧？"

—

尽管在巨大的痛楚中，
生命也依然忠实履行着自己的成长义务。
她决定勇敢一试。

金惠珍
1983—

李成木记者：

您好。

我是林海秀。

不知您收到这封信时，是否会有一丝意外。或许，您早把我的名字忘得一干二净。对有的人来说至死都难以忘怀之事，在其他人那里，总能轻易被遗忘。沉湎过去的，痛不欲生；淡忘往昔的，却能若无其事地生活——您认为为什么会发生这样的事呢？

不过，无论多么难以置信的事，都有可能发生，这便是生活。

若无其事地活着，浑浑噩噩地活着，生不如死地活着——若是您看到我现在的生活，便能知道这是我多么稀松的日常。个中缘由，想必您比任何人都要了解吧。

网上依旧能找到您写的那篇关于我的报

道，未经一丝事实核查的报道，您究竟是如何写出来的，我实在无法理解。

　　我仅仅请求您撤回那篇由流言蜚语拼凑而成的文章，不知为何一次又一次遭到拒绝。为何这个合理请求无法被接受，不管怎么想，我都得不出答案。

　　信写到这里，她搁下手中的笔。手背沾上的墨水蹭到信纸的空白部分，留下黑色的印迹。不行，得重新写。她心里很清楚，并非因为无意间留下的墨迹，而是这封信写得不够好。那些词语，那为顾全礼节而写下的每一句委婉言辞，根本无法传达她现在的心情。

　　她静静地看着自己写下的词语，随后握住笔，在"或许""至死"和"痛不欲生"几个词下划拉。她将"难以忘怀之事"改为"无法忘却的事情"，又试着将"名字"改成"存在"。即便如此，弥漫于整封信的小心翼翼与踌躇不决并没有爽快地消失。

　　锋利而又炽热的愤怒，不断拱起火苗让其燃烧的郁气，无时无刻不蹿向自己的情感，仅凭这些平凡至极的词语和句子是否足以表达？远远不够。

她习惯隐藏自己的情感。当然，并非没有难以忍受的瞬间，但坚持一下就能将它抛在脑后。她曾深信自己对情感的控制力，认为是自己的意志与努力让这件事成为可能。而现在，她不得不承认，是先前围绕自己建立的生活使得控制成为可能。

她将信叠成四分之一的大小，放进口袋，走出房子。时间已经不早了，晚上出来散步的人大部分都回家了。亮着灯的店铺门口站着一群抽烟的醉汉，每当车辆经过时，他们潮红的脸颊因骤亮的灯光而闪烁。

她走出狭窄的巷子，穿过宽阔的四车道公路，向公园的方向踱去。冷清的公园里漆黑一片。几年前这里还是破旧小酒馆的战场，每当夜晚降临，小酒馆争抢着亮起五光十色的霓虹灯，贴着玻璃贴纸的门虚掩着，彻夜等待想排遣寂寞的客人。透过门缝的亮光可以看到粗劣又拥挤的内部，会让人感到一丝凄凉。这个地方如同颓败的港口，停靠着被浪推开的一切。

如今的公园再也找不到曾经的痕迹。

错落有致的公寓，明亮整洁的店铺，宽敞平坦的道路与干净的人行道，人们似乎已经忘记这里曾经的面貌，自如地穿梭于附近的各个角落。实际上，了解这个地方过去的人都搬离得差不多了。

走在狭长的步道上，她试图在恰到好处的寂静与默不作声的光影中找回内心的平静。春天已经很近了，她专注地感受围绕于自己身边的季节变化。晚风轻拂，行道树的影子微微摇曳。这些影子在冬季只是简单的线条，如今正慢慢地形成轮廓。在接下来的几个月里，它们将膨胀开来。

深夜散步在许多方面都是有益且安全的。

在明亮的白日，一切都很容易暴露，人们喜欢将视线聚焦于容易察觉的事物。或许只有在夜幕降临、能见度较低的时候，那些可怖的好奇心才会沉降。她挑了一条更暗的小道，绕着公园走了一圈，最后站定在入口处的垃圾桶前。她从口袋里拿出折叠整齐的信，撕成碎片，丢入垃圾桶，仿佛要将信中的情感一同遗弃，不再受其左右。

当她拐进家门口的巷子时，邻居正在争吵。

"怎么总在别人家门口做这种事呢？"

一个弯着腰的瘦小身影发出高亢尖锐的声音。

"老人家，这可不是你的家门口，是马路，谁都可以从这里经过。"

身影中较高的那个用沉闷的声音回答道。

"你说对了，这里是公用的马路。为什么在这里喂猫？想喂的话，可以去自己家门口，为什么要折腾其他人呢？"

"我什么时候折腾其他人了？小猫们也要吃饭啊，我喂它们怎么就是在折腾你了？现在明明是你在欺负我。"

一方充满攻击性，另一方则在防御；一个持剑，另一个持盾，双方丝毫没有退让的意思。

一辆高声播放着流行歌曲的汽车驶来，然后拐过街角，哀怨的旋律渐渐淡去。她小心翼翼地将身体贴在一辆违章停放的货车上。为了回家，她必须穿过这激烈的对质。而这样一来，必然有人会看到她，甚至可能会突然冒出一句话，提出尴尬的问题，询问她的想法，或者说出她不愿听到的话。

几天前在超市，她就遭受了这样的"突袭"。

当时，她正徘徊在贴有类似"买一送一""超低价""临期甩卖"标签的生鲜区。一个停在芹菜和罗马生菜货架前的女人先是偷瞄她，然后径直朝她走来。

"您应该是林海秀博士吧？太神奇了，竟然能在这里遇到您。您住在附近吗？"

女人穿着蓝色针织衫，肩上挂着黄色购物篮，架在额前的大墨镜似乎随时会掉下来。

海秀还没做出回应，女人看着她的眼睛补充道："不知道这样说好不好，但我真的觉得那件事不是您的错。那些叽叽喳喳说三道四的都是什么都不懂的人，他们本就喜欢搬弄是非。您不必在意。"

她朝那个女人温柔地笑了笑。或者说，她努力尝试那样做。然而，她能明显感觉到自己的脸部肌肉麻痹，僵硬到不行。

"其实我是这样认为的，在报道满天飞的那个时候，您的态度可以更强硬一点。只有那样才能让那群人闭嘴。一旦您露出犹豫不决的样子，他们只会咬得更紧。唉，一群无可救药的人！"

她低头将目光停在堆成山的生菜上，命令自己必须熬过这一刻。好在最上面那颗生菜没有放稳，滚了下来，更多的生菜随之而下，生菜堆发生了雪崩，超市工作人员急匆匆跑过来，否则她必须站在那里，忍受那些无礼的话，直至女人自行决定停止。

"我可不是那种人，我和他们不一样。"

与他人划清界限的言辞、将他人推远的话语、试图展示一个人道德优越感与正义感的说辞，对于她来说毫无分别——它们是过去的提醒、所有事情尚未被遗忘的明证，更是自己的名字会无法逃脱地再次成为话题的警告。这或许只是她的自尊心和被害者意识在作祟。但她不想被卷入其中，不论是什么事、与谁有关。

*

她过着非常规律的生活。

早上八点醒来，躺在床上简单地伸展四肢，然后起床刷牙，接着喝一杯水。随后打开窗户，泡一杯咖啡，打开广播，通常听到的是听众分享的小故事。十点前吃完早餐，在各种家务中迎来中午。午餐过后，时间的流逝变得更加迅速，不知不觉间已经到了两点、三点……傍晚悄然降临。

晚餐之前，她会写一封信，有时手写，有时打字。这是她一天里最重要的事情。信以"您好"开头，每个词语的选择都如挑选过河的垫脚石般慎重。最终她在茫茫文字中迷失了方向。夜幕拉下，她带着未完成的信出门，开始散步。在公园走大约一个小时后，她将那封深思熟虑后写下的信扔进垃圾桶，然后返程。直到那一刻，她终于能够确认自己安全地度过了一天，带着一丝宽慰回家。

平静又安宁的一天就这样过去了。

然而，这仅仅是表象，她的内心早已变成布满裂痕的玻璃，即便最轻微的碰触，也会使其破碎。恢复需要漫长的时光。这世上任何一样东西，一旦受到破坏，都难以回到最初的状态。尽管心里再清楚不过，但她仍不愿放弃希望，幻想能找回曾经坚强的内心。

毫无可能的愿望，永不到来的希冀。

她勉强维持日常生活，或许正是凭借对这份信念的坚守。

一天晚上，她在回家路上再次遇到了那个小家伙，几天前躲在货车车底的黄色小不点。那是一只猫。她蹲在货车前，那个小家伙蜷缩着身体，与她对视，瞳孔中闪烁着微光。

"原来是你啊，让邻居们争吵的罪魁祸首。"

她自言自语着，将手伸向小家伙。它微微张开嘴，摆出戒备的样子。它还很小，虽然不是刚出生，但比成年猫小得多。

"过来。"

她压低脑袋，把手再往前伸。高低起伏的谈话声渐近又渐远。两辆摩托车像在比赛一样，飞速穿过巷子。它被吓得双耳紧贴脑后，惊惶地四处张望，但丝毫没有放松对面前人的戒备。

"你胆子很小噢。"

当她试图站起来的瞬间，货车底部传来一声"喵"。她再次压低脑袋，注视着货车底部，它又叫了一声。

猫的额头上有一块浅红色的印记，是干掉的血迹。她侧头仔细观察伤口，硬币大小的血痂泛着黑，边缘泛白，渗出脓液。伤口不止一处，它还有一只前爪肿胀着，像是戴着拳击手套。当她俯身近距离观察时，它缩起前爪，将其藏在身体下面。

海秀走进附近的便利店，买了一盒牛奶和一袋鸡胸肉。她想通过缓解饥饿的方式抚慰那个小生命，试图从那片充斥着烟头和塑料袋等各种垃圾的无尽黑暗中拯救它。然而，只有她自己明白，她不过是将自己投射在这可怜的猫上，再次陷于自怜之中。

她在它身上看到了自己所经历的残酷现实，记起了自己的处境。在一只与自己毫无关联的流浪猫身上，发现自己的痛苦、悲哀、愤怒和绝望竟是如此容易。成为彻底的受害者后，对自身的怜悯变得无止无休。

她回到货车旁，猫已经消失得无影无踪，仿佛早已察觉她的意图，无论她等了多久，都没有再现身。最终，她只能回家，把牛奶和鸡胸肉放进冰箱。

*

对于这种已经持续了一年多的生活模式，她没有任何抱怨。

但她无法确定自己还能坚持多久。她很清楚自己并不适合这种单调的生活，比任何人都更了解自己无法满足于这种索然无味的日子。她曾对生活怀有无数期待，幻想过无尽的可能，从未想过自己的人生会因为那样的事情沦为如此平淡、不值一提的存在。

她的生活只是生活而已，即便说成是别人的生活也无妨。她不再是生活的主人。

第二天傍晚，她再次看到那只猫。它正探头准备走出货车底部，在看到她的那一刻迅速缩了回去。她轻手轻脚地蹲在货车前，取出牛奶和鸡胸肉，将牛奶倒入纸杯，整块鸡胸肉放在地上。

"来吧，快过来吃一点。"

面对她温柔的劝说，它一动不动，只是用明亮的眼睛盯着她的一举一动。这种对外部顽固的戒备心是天生的吗，还是生活给予的惨痛教训？无论是哪一种，都只会让生活变得孤独且艰难。眼看自己又要沉溺于自怜之中，她急忙收回思绪，向后退了一步。

猫探出鼻子，似是对眼前的食物有了兴趣。

"嗨，我说。"

身后突然传来人声，她回头看，一个女孩站在那里。称她为小孩子有点不准确，因为她的体形相对高大。小学生？初中生？她凝视着女孩的眼睛，试图猜测她的年龄。

"那么一大块，它应该吃不了的。猫的嘴巴都很小。那是鸡胸肉吧？可是刚才它已经吃过猫粮了。"

"你认识它？"

她站起来，女孩瞬间显得娇小。女孩将大大的斜挎包换到另一边肩膀上，在原地轻巧地蹦了几下。

"你说这只猫吗？当然了。不过，这是给人吃的鸡胸肉吧！那可不能喂给它，这个是调过味的，对猫的肾脏不好。"

"是吗？"

她低头看着地上那块花白色的鸡胸肉。如果放在盘子里，它看起来一定很诱人，而此刻却有些突兀。她一时无法决定是该捡起鸡胸肉，还是放着不管。这时女孩俯下身，仔细查看货车底部。大背包向身前倾斜，包里的物品全都垂向一边，发出"咣当"的声响。

"噢，这个没关系的，它没有调过味。我偶尔也会吃一点，确实一点味道都没有。"

说完，女孩蹲下，开始在包里翻找东西。动作笨拙而生猛，有种毫不顾及他人感想的自然。这在一定程度上让她放下了一丝戒备。

"下次见到它的时候，可以给它喂这个吗？它很爱吃。"

"这是什么？"

"猫条，猫的零食。手上沾到的话，味道会特别大。"

一辆黑色中型车响着喇叭驶过，她和女孩急忙贴近货车。女孩的脸颊沁出汗珠，泛着光泽，身上散发着酸酸的汗味，那是整日被苦力折磨的劳动者才有的疲惫气息。女孩的穿着与普通学生有些不同，运动袜、包裹手腕的护腕、整齐扎起的头发，她的目光在这些细节之间小心翼翼地移动。

"撕个口子挤出来就可以了。它是绝对不会靠近你的，只能挤在地上。"

她接过女孩递来的猫条。在这个社区，她从未与任何人这样长时间地交谈过。她在这里并非没有认识的人，但如今那几个人似乎不知道该如何与她交流。他们更倾向于做出评判，提出忠告，争先恐后地劝说和教导她，似乎很享受以这样的方式将她锁在那件事中。

"原来猫爱吃这些东西，多少钱啊？"

见她翻口袋，女孩酷酷地回答道："不用给我钱，这也是另一个阿姨给我的。下次见到它时，一定要喂给它噢！"

女孩突然指了指货车底部，原来那个小家伙爬出来了，正在喝纸杯里的牛奶，那只肿胀的前爪无力地悬在胸前。尽管只用三只爪子站立，但小猫依然稳稳地保持着身体的平衡。两个人的目光都聚焦在它身上。

"看到那只前爪了吗？现在已经好很多了，前几周肿得特别厉害，都不能好好走路。"女孩说道。

一直观察着她们的小猫再次消失了。她不知道女孩为何要和自己说这些，更无法理解自己怎么会和一个初次见面的女孩聊这么多。尽管如此，她没有选择离开。

"一直给它喂食的阿姨说，它已经度过危险期了，比我们想象中要坚强得多，成功地熬过了这个难关。阿姨还说，街头的流浪猫与我们想象的不同，它们非常聪明，也非常勇敢。"

听到这番话，她感到宽慰。当她再次低头看向货车车底时，小猫小心缓慢地向外探出脑袋。在她眼里，它已经和之前不太一样了。她问了女孩几个问题，比如猫通常什么时候会出现，在哪里进食，几岁了，什么时候受伤的，哪些人给它喂食。这是很长时间以来她第一次说这么多话，女孩则认真地回答了这些问题。这时，手机不合时宜地响了起来，女孩准备离开，与她道别。

"我该走了。"

"名字……是什么呢？"

"芜菁，是我取的噢！"

女孩转身离开。其实她想知道的并不是猫的名字，而是女孩的名字。尽管如此，她还是点了点头。在女孩已经走远之后，她突然想起了什么，大声喊道："你知道它是怎么受伤的吗？"

"每次我说自己上四年级，大家都不相信，但这是真的！"

女孩抛出毫不相关的回答，可能在街头噪声和汽车引擎声中听错了问题，背影渐渐被穿梭的车辆掩没，直至彻底消失在视野中。

*

珠贤：

　　我给你打了好几次电话，但一直都没能联系上你。最近过得还好吗？我还算可以。至少我还在努力地好好生活，你也知道这有多重要。你一定为我感到高兴吧！

　　我们最后一次见面时，我太敏感了。当时的情况摆在那里，你能理解吧？我完全无法控制自己的情绪。我仍记得你的劝告，说这一刻很快就会过去，必须挺过去，不要让事情变得更糟。

　　我知道你是为我好，但那一刻我真的极度厌恶那些话，它们似乎是在警告我，将来我会毁掉更多的东西。那时的我深陷恐惧之中，因害怕被看穿而对每一个出现的人大吼大叫、无理取闹，哪怕他们都是我最亲近的人。

　　然而，我不应该提起那件事，真不知道自己当时怎么会突然说出那些话。我质问你，我的不幸是否让你感到高兴、你看笑话的心情如何，甚至无耻地翻出你的旧伤疤。没错，"无耻"这个词非常贴切。为什么我能如此没品？

面对几近癫狂的我，你只是说先回去了。那时你在想什么呢？我们的关系也许在那一刻就结束了。直到你离开，玄关传来关门的声音，我这才闭嘴，眼泪夺眶而出，再也说不出话来。就这样，我歇斯底里地哭了很久，心里盘点着已经失去的东西、即将失去的东西，自怜人生已经向着无尽的深渊坠去。

那时，我还没意识到自己将失去最重要的朋友。是的，我确实没有想到。

写到这里，她停下来，将信读了一遍。她读了一遍又一遍，直到能够清晰地确认信中的内容只是不知疲倦的自我安慰。

她写信是为了挽回珠贤，还是想要向珠贤道歉？她很清楚自己想说的并不是这些。她只是想为当时的自己辩解，证明自己有不得不那样做的苦衷。因此，这封信又一次失败了。

晚上，在丢掉那封信返家的路上，她在货车

周围徘徊。那儿是芜菁最常停留的地方。上次从女孩那里得到的猫条，她喂给芜菁后，又买了一些。现在，她的口袋里有三根成分和味道略有不同的猫条。

她的人生至今从未对动物产生过兴趣。

多年来，她一直是一名优秀的心理咨询师。她只处理人类，人类感受到的情感，压倒人类的情绪。她相信自己可以轻松自如地掌握人类的情感，控制人类的情绪。正是出于这份信念，她才能胸有成竹地、毫不犹豫地为那些被情感与情绪左右的人提供建议。她的生活腾不出一点空间给人类以外的生物。只围绕人类事务展开的生活，真的能称之为完整的人类生活吗？

她收回思绪，环顾四周，经过一番搜索，终于发现了芜菁。通常它喜欢躲在违章停放的汽车下面，但今天竟然坐在一堵围墙上，俯瞰着汽车。

拳头大小的脸，粉红色的小鼻子，相对较大且尖尖的耳朵，隐藏在小爪子里的锋利指甲，毛发的颜色宛如在绘制一幅地图，棕黄色从前额延伸至背部，最后缠绕住整条尾巴。

这只是她对芜菁的初步了解，她正在慢慢地去发现更多。

她拿出一根猫条，晃了晃，慢慢地靠近芜菁。芜菁的目光游移不定，似乎在犹豫是逃跑还是待在原地。这种犹豫是积极的信号。即使她离芜菁越来越近，芜菁仍待在那里。

"来点零食吧！看，你喜欢这个，是吧？"

她撕开猫条，将里面的食物挤在地上，然后双臂往前伸展，同时最大限度地将身体向后扯，整个人显得滑稽可笑。就在这时，芜菁身后突然出现一个圆滚滚的身影。又是一只猫，全身被黑毛包裹。趁她掏出另一根猫条的功夫，小黑毫不犹豫地靠近，瞬间吃掉了地上的食物，然后抬起头来，朝她"喵"了一声。

"要再来点吗？"

小黑毫无戒备心，与芜菁相比，它更为单纯天真。对于这些在街头生活的小生命来说，单纯天真是不是一种优点？它俩是朋友，还是家人，抑或什么关系都没有？

为了消除脑中的杂念，她掏出最后一根猫条。小黑再次狼吞虎咽地吃了起来。几步之外，芜菁静静地注视着她和小黑。从芜菁的姿态来看，只要她有一丝可疑，它就会立刻摆出威胁性的姿势，眼神中充满了对任何可能失误的坚决拒绝。

小黑伸出粉红色的小舌头，慢慢向她靠近。当小黑接近到她只需伸手就能触碰到它的脑袋时，芜菁突然挡在它前面。毫无疑问，这是阻拦的动作。也或许，只是她的错觉。芜菁仿佛在劝说小黑，叫了几声后就消失在墙的另一侧。小黑抬头看了看她，紧随着芜菁离开了。

她没有直接回家，而是沿着围墙走得更远。

*

不知不觉，她搬来这里已有三年。

"再过几年，这里也会变成非常舒适的住宅区。虽然现在大多是老房子，但您看那一片已经有不少翻新的房子。这里也会慢慢变成那样。"

三年前，她第一次来这个社区看房子时，接待她的房地产中介是这样说的。那个中年男人给人的第一印象相当不错。他的办公室外部略显陈旧，内部却整洁有序，每一盆盆栽的叶子都散发着光泽，给人一种舒适的感觉。男人与一位看起来像他妻子的女性交谈时，声音沉稳，两人保持适当的安静，似乎在给予彼此思考的时间。这些都让人感到舒适。

她记得那一切，连印有"湛蓝房产中介"的名片都没有扔掉。她无法抛弃的不仅仅是那张名片。

那时，她身边还有泰柱。尽管在很多方面，泰柱都被认为不够好、配不上她，但他似乎是她永远找不回的，甚至可能是最完美的伴侣。她和泰柱一起在附近逛了逛，最终买下了这个房子。这个单层住宅虽老旧，但结构牢固，且构造简单，非常适合进行翻新，最让她心动的是那宽敞的庭院。

他们打算推倒房子重建，将原本普通的院子改造成精致的空间——拆除围墙，铺设草坪，在院子一侧建造车库，并安装小巧的灯具、等腰高的木门、低矮的篱笆，甚至自己设计一个屋顶露台。关于这个家，他们几乎没有忽略任何细节。

两人有充分的信心让破旧的房子和几近荒废的院子焕然一新，也有相匹配的能力和足够的精力。然而，这个房子至今仍保持原貌。是因为她以忙为借口一推再推？还是因为她过于自信，以为只要下定决心随时都可以动工？抑或是因为意想不到的悲剧突然降临？那场悲剧真的是毫无预兆吗？

她无法抛弃的或许是本可以与泰柱携手迎接的未来。不，当时她百般期盼的未来里真的有泰柱的位置吗？泰柱的存在对她来说是否早已变得理所当然，甚至被她下意识地忽略了？她是否只是把泰柱当成自己所构想的富饶未来的受益者？

她思考到此，拿起笔开始写下一些东西。洁白的信纸上留下一片杂乱，圆润而细长的笔迹交织成无法辨认的文字。她试图对泰柱说些什么，却始终无法开口。从左到右，整齐划一的形式无法传递任何心意。

每当想起泰柱，她都会在回忆中迷路。只有入口没有出口的循环，一旦进入，就无法离开。她甚至无法揣测在泰柱心里自己是怎样的一个人，无法确认，更无从验证。

自责与无奈所带来的无力和绝望慢慢沉向内心深处。

她匆忙整理了一下便离开家，没有去公园，而是选择走向相反的方向，一条她并不喜欢的路。与逐渐变得宽敞明亮的公园道路相比，这条路越来越狭窄、昏暗，不禁让人联想起荒芜的废墟。或许那片废墟在她的内心用力地生长。

她转身回望那座夹在两条截然不同道路之间的家。此刻，它仿佛成为两个完全对立世界的分界线，既不是属于这一边，也不属于那一边。她沿着飘浮的记忆漫无目的地前行，想起过去那个深信能够掌控记忆与情感的自己。越是挣扎，思绪越是紧随不放。时间以这种方式惩罚人类，她切身体会到时间的公正与冷酷。

她加快步伐，目光快速扫过街道的每一个角落。她在寻找芜菁，突然间远处有个影子"嗖"地闪进了一辆车的底部。

她弯腰探头观察车底。每次俯身，血液都会涌向头部，膝盖内侧也会在那一刻酸涩起来。她现在已经知道如何接近芜菁而不让它受到惊吓，口袋里也随时装着芜菁喜欢的零食。无论她如何寻找，芜菁依然杳无踪迹。来往的行人对她的异常举动投以好奇的目光。

不远处的电线杆下，一群孩子聚在一起。在这群孩子中央，一张熟悉的脸在她眼前晃过。

大斜挎包、白色运动袜、绑成一束的头发、略比同龄人高大的身躯，是那个孩子。但现在的她看起来与之前完全不同。大声说话的朝气与活力不复存在，周身弥漫着怯弱与犹豫。孩子们的声音交织在一起，形成嗡嗡的噪声。

她停在原地，静静地观察那群孩子。

赵敏英：

好久没联系了，你过得好吗？

我想你应该很忙。在处理咨询日程、授课计划和学术会议的同时，还要接受各种采访，忙起来的时候恐怕都不知道一天是怎么过去的。说实话，我现在的心情不太适合和你嘘寒问暖。但请不要误会，我不会再像以前那样拽着你追问一切了。

我只想弄清楚一件事。

在决定我去留的会议上，你举起手的那一刻，如果说我心里没有任何期待，那绝对是在说谎。至少在那之前，我认为我们还算亲近。

你应该还记得，在你刚开始工作的几个月

里，我总是推迟下班时间来帮助你完成工作。每当你在深夜发来短信或打来电话，我都会全力回应。还记得吗？有一天深夜，我突然接到你的电话，急匆匆跑去中心。那天中心发生了很大的骚动，我想你可能会因此感到自责。你哭着说，自己没资格当心理咨询师。我安慰你，陪你到凌晨。你应该也不会忘记，我在代表面前如何为你辩护。

所以，我完全没有想到那些话会从你的口中说出。你质疑我的工作方式，指责我对客户的态度过于敏感。这些言辞虽无从证实，也偏离了会议的主题，但深深印在了我的心里。不知不觉间，心中的愤懑越积越多。然而，我仍在思考，如果你说的是事实，如果我真的如此，那我必须及时做出调整。

那天的会议氛围还算不错，你应该也记得吧？我确实感受到在场的所有人都在努力保持对我的友好态度。然而，你却质问我——我是否真心反省？是否真的感到愧疚？我不清楚你指的是什么，只能反问你，这是关于工作，还是关于我卷入的那件事。我不得不那样做，因为我无法区分。

我从未像你说的那样过于敏感，也从未轻视任何一位客户说的话，更不会泄露客户的隐私。倘若我真的存在类似的问题，那么这么多年来就不会有那么多客户来找我了。

如果这个问题与那件事有关，那我想说，这与你毫无关系。即使我需要反省、需要感到抱歉，那对象也不是你。我没有理由听你说那些话，你也没有资格质问我。你究竟为什么要提出那些问题？在那种会议上突然说那些话的理由到底是什么？

那天的事让我思考了很久。

我问自己，你为何那样做，又出于什么目的。但我找不到答案。我从未受到来自同事的任何攻击，一次都没有。

                         *

两天后，她终于有机会向女孩询问那天所见的情景。

"他们是你的朋友吗？就是那天和你一起站在电线杆下的那些孩子。"

女孩回答道："也可以这样说吧。"

"所以他们并不是你的朋友？"

"不，是我朋友。以前确实是我的朋友。"

她只在夜间出行，此刻却发现巷子里依旧明亮，或许是因为白昼渐渐拉长了。夹在巷子里的晚霞已在不知不觉间消失，黑暗还在缓慢抵达的路上。

"你们当时在做什么？"

她转向女孩指的方向，她们进入了一条明显收窄的巷子。

"只是聊天而已。"

女孩低着头跟在她身后。此刻的光线下，女孩的身形显得比同龄人更高挑，尤其是对于一个四年级的孩子来说。女孩的脸上沾满汗水，每次扶正斜挎包时，呼吸都会变得急促，黄色 T 恤也随之起伏。

她放慢脚步，与女孩保持一致。

她换了个话题，没有提那天的事。她只告诉女孩，芜菁前几天吃了猫条，不是挤在纸上或树叶上，而是芜菁主动靠近，从她手中吃的。

"真的吗？你没骗我吧？"

原本闷闷不乐的女孩突然明亮起来，敏锐的警惕刹那变成了好奇。

"很神奇吧？"

她神情自若地编织着谎言，至少她看到了芜菁是事实。然而，即使她换着方式摇晃手里的猫条，芜菁都没有靠近。它机警地与她保持适当的距离，沉着地注视着她，用眼神向她宣告：即使饥肠辘辘，也绝不屈服于廉价的同情。

"你真是固执啊。"

最终，她还是将猫条挤在地上，然后往后退，离得远远的，芜菁才开始一点一点舔起来。它没有低头狼吞虎咽，而是直勾勾地看着她，那眼神分明是在警告她不要靠近。这样的芜菁激起了她内心的某种情绪。芜菁的行为像是一个寓言，饥饿与尊严，在无法共存的两种价值之间，选择更为困难的那个。

吃着吃着，芜菁突然像受惊的鸟一样转身消失了。"咚咚"的跺脚声传来，她回头一看，穿着红色毛衣的女人伴随着刺耳的尖叫声向她冲来。

"不要再喂东西了，不要让它再来这里。"

海秀之前在这条巷子里见过这个女人，她几乎每天早晚都会牵着珍岛犬遛弯。以她住的房子为基准，朝向公园一侧的两栋都空着，显然她住在左侧某栋房子里，那里经常有新房客搬进搬出。

"啧啧，我真的不理解。觉得它们可怜，就带回家养呗。为什么非要把这一带的流浪猫都招到这里呢？说是好心给它们喂食，但又把包装袋和塑料袋等垃圾扔在地上。夏天这里有多少蚊子、苍蝇，你知道吗？早上甚至会有鸽子聚在这里。我真搞不懂你们为什么要这样。"

女人怒斥了几句后转身离开。正如她所猜测的，女人没有朝公园的方向走去，而是消失在反方向的巷子里。

现在，她正与女孩一起朝那个方向走去。

"阿姨，你有摸过芜菁吗？还没摸到吧？"

女孩的脚步轻快起来。

"没有，但我感觉快了。"

"真的吗？应该不可能吧，它完全不让人碰。"

两人向巷子深处走去。街景逐渐从相似变得略有不同——穿过密集的独栋住宅区，开始出现零星的别墅，再往前是四散的临时建筑。继续前行，一个缓坡映入眼帘，前方既不是山，也不能算是丘陵，透着一片荒凉。

"就是这里了。"

女孩跑向前方的停车场，那儿停着几辆近乎报废的车，角落有一个方形木箱，箱内放着两个碗，一个盛着猫粮，只剩几颗；另一个装着水，水面漂浮着枯叶和灰尘，浑浊如泥浆。女孩熟练地添满猫粮，又换上干净的水。

她站在几步之外，愣愣地看着女孩。作为一个填饱肚子的地方，这里的环境糟糕透顶。即便没有那片苍白的飞蝇尸堆和围着尸体乱爬的密密麻麻的蚂蚁，也很难说有什么环境可言。疲惫的身体和心灵在这里找不到一丝慰藉。

她现在感受到的情感依然是自怜吗？她又一次以生活在街头的动物为镜，开始同情自己了？她刻意提高嗓门，试图甩开这些念头。

"芜菁真的会来这里吃饭吗？"

"应该是吧。原本下面有个专门喂猫的地方，听说有人说了什么，后来就被清理掉了。这个地方也是那个常喂它们的阿姨告诉我的。"

她回头看了看刚才走过的路，人类步行大约需要十五分钟，那猫呢，她在心里估算着。

"可能没有那么远吧，猫咪们知道怎么抄近路，而且它们那么小，非常灵活。"

女孩站起来，指着某个方向说道。一只白色的小猫正立在远处注视着她们。小猫身后耸立着一棵大银杏树，刚冒出新芽的树遒劲又蓬勃。她被那片清新的翠绿所吸引。向上生长的力量，倾尽所有只为抽出新叶。即便是面对一棵树，她依然竭力寻找某种痛苦的痕迹。她心疼这样的自己，却也忍不住感到些许厌恶。

"小可爱们，饿了吗？这里有吃的哦！喵，喵！"

女孩将盛猫粮的碗举过头顶，用力地摇晃着。又有几只猫出现了，其中一只看起来很像芜菁。

"那是芜菁吧？"她问道。

女孩弯腰俯身，眯起眼睛盯着前方，许久之后才回答："是芜菁！就是芜菁！怎么好像又受伤了？眼睛都睁不开了。阿姨，你看到了吗？能看到吧？怎么回事啊？左眼下面红了一块，能看到吗？"

她也注意到芜菁的状态似乎不太好。她一只手挡着刺眼的阳光，另一只手轻轻摆动着。芜菁抬头注视着她。耀眼的阳光下，她和芜菁的视线交会在一起。

*

那天之后，她尽力让自己不去想芜菁，竭力避免回忆起眼角溃烂得几乎无法睁开的眼睛、黏糊糊的鼻子、抬着一只前爪一瘸一拐离开的背影。然而，越努力，回忆越清晰。她不明白自己为何如此在意那只猫。是纯粹出于对弱小生命的怜惜，还是过于共情芜菁所经历的痛苦？又或者，她想从陷入困境的芜菁身上得到某种安慰？她无法判断。

寻找无尽的意义。

"这对你来说有什么意义？"

当她还是一名心理咨询师时，这是她最常说的一句话。她一问出口，正激情倾诉的客户常常突然停下，陷入思考，然后匆忙地给出各种意义。她从不做出评价，只会追问他们为何会有这样的想法。

她试图提醒他们，这些意义或许是编造出来的。她希望帮助他们找到真正的意义。

然而，究竟什么意义不是编造出来的？如何区分真正的意义与虚假的意义？她早已放弃追逐那些虚幻意义的游戏。

最终，她决定帮助芜菁，没有任何意义，也没有理由。她不想寻找那样的东西。一旦下定决心，她再也没有任何犹豫的空间。

两天后，她向那个孩子坦白了自己的决心。她与女孩的相遇完全是偶然的。她不知道在哪里，也不清楚如何才能见到女孩。傍晚多走一会儿，成了她唯一能做的事。

那是一个周三的傍晚，她遇到了女孩和女孩的朋友们。女孩背着几个花花绿绿的书包，默默地走在人群的最后。如果有人朝她挥手，她会迅速抬头，加快步伐。她的身体微微佝偻，动作显得僵硬而不自然。

当其他孩子放声大笑时，女孩总是慢一拍，然后才跟着笑出声来。女孩的笑声与其他孩子的融不在一起，他们之间似乎隔着什么东西。她远远地跟在他们身后，直到孩子们散开，只剩女孩一个人时，她假装偶遇，主动和女孩打招呼。

两个人面对面站在被暮色笼罩的昏暗巷子里。

"真的吗？真的打算带芜菁去医院？"

女孩露出一丝惊讶的表情，眼神依旧在四周游移。她能感受到女孩的紧张，似乎女孩在担心朋友们会突然出现，那个熟悉的群体让女孩感到不自在。于是，她自然地引导女孩向巷子深处走去。

"嗯，尽快接受治疗比较好吧？它的状况看起来不太好。"

"那我们得先抓住它。"

背着大斜挎包的女孩回答道，身上的 T 恤已被汗水完全浸湿，拿着一根未拆封的巧克力棒，不停地在手中转动，目光紧紧盯着它。

"你知道怎么抓吗？"

"据说要用到陷阱，我也不太清楚。还是问问那个经常在这里喂猫的阿姨比较好。"

"你知道她的联系方式吗？去哪里能见到或找到她呢？"

"不知道，我也只见过她几次，都是在附近。"

"能大概描述一下她的外貌吗？"

"描述？ 嗯……就是一个阿姨，一个普通的阿姨。"

　　一个常见的中年女性形象在她脑海中一晃而过。女孩皱着眉头，看着手中的巧克力棒补充道："她的头发有点长，喜欢背一个这么大的包包。"女孩比画着，"问她问题，她会很凶地回答，但其实她并不可怕，你懂我的意思吗？一开始会觉得她很吓人，了解后就不会那么觉得了。"

　　女孩再也忍不住了，撕开巧克力棒，咬了一口，嘴角染上了浓醇的棕黑色。

　　她从口袋里拿出几张湿纸巾，递给女孩。

　　"请你帮我找找她，可以吗？"

　　女孩点了点头，保持沉默。

　　"你是不是饿了？要不要去吃点什么？先回家和父母说一声吧，他们会担心的。你家在哪儿？阿姨陪你一起去。"

　　"不，没关系的，不用去我家。"

　　女孩毫不犹豫地将剩下的巧克力棒一口吞下，又添了一句："真的没事，阿姨。我们赶紧先去猫咪们吃饭的地方吧。"

李汉星代表:

李代表,您好。

我是林海秀。您过得好吗?

我在官网看到了中心内部施工已完成的消息,新的官网页面也比以前更整洁清爽,看起来十分舒适。

因我的个人事务扰乱了中心的运营,给中心带来损失,我对此感到十分抱歉。我再次向中心的所有同事表示歉意。

此外,我有一些问题想请教您。虽然我十分犹豫,不确定是否该提出这些问题,但如果得不到解释,我将无法释怀。无论怎样努力,我都无法摆脱这些疑惑。

在最后一次会议上,赵敏英提出的关于我的那些问题显然没有依据。虽然我对在场的所有人感到歉疚,但她要求我为那件事道歉并忏悔,我认为是不合理的。

那次会议是正式召开的,且提前发布了公告。因此,我有些疑问:赵敏英的发言是否事先经过讨论?同时,我也想了解她的发言对我的去留究竟产生了多大的影响。

正如您所知，我在会后收到了辞退通知。但我并不清楚这个决定是如何做出的。作为当事人，我认为要求中心就此做出解释并不过分。其中并没有夹杂个人感情，更不是出于报复心理，希望您能理解。

我在中心担任心理咨询师已超过十年，从中心开业至今。我的工作表现，对中心的热情与喜爱，相信您一定清楚。如果这对我而言只是一份普通的工作，那么我也没有理由，更没有必要提出这样的要求。

我不希望让您感到为难，也不会强迫您做出任何决定。现在的我比任何时候都更努力地尝试理解各位同事的立场，也在努力说服自己接受暂时无法工作的事实。

在过去的十年里，中心从最初只有两名心理咨询师的小团队发展到如今的规模。对我来说，这十年同样是非常重要的时光。如果这段经历被全盘否定，我可能再也无法继续从事这项工作了。为了避免陷入这种境地，我才想要从您那里得到答案。

具体且准确的理由，我不得不离开中心的理由。我指的是真正的理由。

*

为了找到那个阿姨，她与女孩展开了搜索。说是搜索，其实只是期限不定的等待。

女孩的名字是黄世伊，作为一个十岁的孩子，她有一种远超年龄的沉稳，在某些时刻又有些消沉。世伊总是刻意回避有关学校、家庭及自己的话题，总是不停提问，当对话出现停顿时就会露出慌张的神色。若是海秀想要问点什么，女孩就会抢先开口，并抬高音量。

"阿姨，你没有工作吗？为什么白天也一直待在家里呢？"

"我现在确实没有工作。"

"真的可以不工作吗？阿姨，你很有钱吗？"

"钱不是很多，但暂时还够用。"

"那钱用完了怎么办？还能重新开始工作吗？还能继续赚钱吗？"

"当然了，能重新开始工作的。"

"阿姨做什么工作呢？"

"我是一名心理咨询师，你知道心理咨询师是做什么的吗？"

"嗯，知道。我们学校也有心理咨询师。"

"是吗？那你应该很清楚了。你接受过咨询吗？"

"嗯，两次吧。"

世伊回答到这里就闭上了嘴。当她试图继续问下去，世伊立刻防御性地抛出一个问题："阿姨，你住在哪里呀？"

"就在那边，刚刚经过的那栋红色砖瓦房，还记得吗？"

"啊，我知道。旁边就是那个养珍岛犬的阿姨家。那个阿姨特别讨厌，每天都大喊大叫，说猫又怎样怎样了。我超级讨厌她。"

"你家是在那边吗？父母该担心了，和他们说一声比较好吧。要打电话吗？发个短信也好。"

"没关系啦，反正待会儿就回家了，而且我的手机已经自动关机了。阿姨，你今年多大了？"

"你觉得我几岁了？"

"我看不出来，五十岁？五十九岁？我妈妈

四十二岁了。"

"四十二岁？那你妈妈比我年轻，但我也不是五十岁噢。真的不和你妈妈说一声吗？她会担心的。你每天放学后是去辅导班，还是直接回家？"

"有躲避球练习的时候会去练习，没有的话就直接回家。我妈那边不用管啦，没关系的。阿姨，你也有妈妈吗？你和谁一起住呢？和妈妈吗？"

"阿姨当然也有妈妈，但现在是一个人住。"

"这样吗？我也好想一个人生活，一个人多好呀！想吃什么就吃什么，想睡多久就睡多久，每天都可以随心所欲地活着，对吧？"

世伊用提各种问题来保护自己，而海秀在对话过程中感受到一丝愉悦。向一个对自己毫无了解的人解释自己，感觉还不错。在这种片面的问答模式下，她看起来像是一个还过得去的正常人，与过着正常生活的人没什么不同。

她与世伊绕着小区转了一圈，然后扩大范围又绕了一圈。

世伊总能迅速发现穿梭于建筑物、人群与车辆之间的流浪猫。它们安静地在巷子里穿行，尽力躲避人类的注意。如果这是它们后天学到的反应，那必定经历了某些难以忘记的可怕遭遇。无关是非，也无关善恶，只是生存法则，它们无法质疑、必须遵循的规则。

她觉得这一切异常残酷。

是什么，对谁，有多残酷？她再次发现自己沉浸在自怜之中。

芜菁没有现身，她们也没有等到那个阿姨。整个巷子在黑暗中沉寂，她确认了一下时间，决定先送世伊回家。分别前，她们去了附近的便利店。

女孩在酸奶和饮料货架前徘徊，手指轻轻滑过香肠、巧克力和五颜六色的袋装零食，最后停留在一个三明治上。她拿起来，仔细查看包装背面的配料表和营养成分。那个三明治只有鸡蛋和生菜，看起来不怎么美味。她拿了一袋牛奶、一个苹果和两根巧克力棒，和三明治一起去结账。

走出便利店时，世伊问道："阿姨，你是好人吗？"

世伊晃了晃手中装着牛奶、三明治、苹果和巧克力棒的塑料袋，仰头看着她。

"不是噢，我不是好人。"

世伊露出微笑。她的回答似乎引起了女孩的好奇。风吹过，女孩被汗水浸湿的刘海扬起，露出了圆润可爱的额头。女孩问道："怎么了？你为什么这样想？"

一群人从便利店出来，突然发出一阵笑声。她看了一眼，随后再次与女孩对视。接着，她突然从口袋里拿出叠好的信。

"因为我每天写一封这样的道歉信。"

世伊盯着她递来的信，许久才接住，并没有将信展开，只是摩挲着信纸。

"我爸告诉我，不要轻易把手机号码告诉别人，但我想告诉你，我们还要一起帮助芜菁呢！"

女孩将手中的东西放在地上，从包里拿出铅笔，在信纸上写下了自己的手机号码。

珠贤：

珠贤，过得好吗？

前段时间，我一直避免与你联系，请你原谅。阿姨的身体怎么样了？最近有好转吗？想来很是惭愧，每当我遇到什么事，你总是无微不至地照顾我，而我对你的关心太少了。

如果那时我按照你的建议去做，或许现在的情况会有所不同。

网上出现抨击我的文章，第一个告诉我这个消息的人是你。那时我并没有在意。我忙得晕头转向，连在哪里、见过谁、说过什么话都记不清。有些话我甚至毫无印象，直到后来才意识到那些话确实是我说过的，但我依旧觉得没有什么问题。

几天后，我终于有时间确认是哪句话引起争议。原来，是我在电视节目中说的。你也知道电视节目的制作方式。在拿到我的台本之前，我根本不知道会有那场争论，更无法预料那位演员会成为这么多人关注的焦点，我甚至连那位演员的全名都不清楚。

珠贤啊，那时我疲惫不堪。

听客户讲述那些原地打转的故事；精心打扮参加电视节目，却坐在灯光前随意评判陌生人；在婚姻里索求关爱……我真的受够了。更别提，父母频繁因钱与我争吵。

那是从早上便身心乏力的一天。出门时

因停车问题在巷子里与人发生争执，到银行停车场时车辆发生碰撞，接着与泰柱因琐事大吵一架。记得在去电视台的路上，我对自己说，真希望自己可以消失。我想要放下一切——心理咨询师、电视评论员……

那天我真的好累，心里茫然一片。我只想好好休息，即使只有一天，去一个没有人能找到我的地方。那时我

她先将世伊送到家门口，然后回到自己的住处。她展开写有女孩手机号码的信纸，读了起来。这样的事情几乎没有发生过。她冷静地将自己交给那封信，随着那些由自己精心挑选和排列的，却依然陌生的词句，一点点地沉浸进去。

在精疲力尽的空虚中，某种火热而尖锐的情感复燃了。这些情感召唤着可以称之为语言的东西。她拿起笔，决心继续写下去。这一次，她怀着由衷的承诺，坚信自己一定会将信寄出。

在节目中说的话迅速传播开来。关于那位名字和面孔都为人熟知的演员，我的一句话引起了轩然大波。在我看来，网友的反应未免有些小题大做。当时围绕那位演员的争议，并非只有我在谈论。那些所谓为了寻求真相而联系我的记者，他们的行为简直可笑。

大家都说，那位演员本身存在问题，他不该那样处理事情。但谁能想到，一句看似客观的评价竟会引发如此严重的后果。那些本该迅速被遗忘的话语，却如无形的锁链缠住了我的脚踝，将我重重绊倒。

你看到过网上流传的我的表情包吗？那是一张合成图，我坐在马桶上，张着嘴欢呼，头顶还悬着一个对话框——"请各位给予关注"。对话框会移动，每动一下就会发出冲马桶的声音。还有一个视频，里面我像金鱼一样嘟着嘴跳舞，字幕滚动着"疯了，真的疯了"，紧接着烟花炸开，我的表情扭曲可笑。

最初，我无言以对，只能干笑。后来才明白，一切都结束了。面对这样的指控，我有什么胜算？越是认真地尝试用理性的语言解释，就越显得滑稽可笑，只会导致更荒谬怪异的视频出现。

究竟是谁制作了那些东西？为什么他们愿意投入如此多的时间和精力来嘲笑我？态度问题、语气问题、礼节问题、个性问题、信任问题、职业伦理问题……人们敏锐地在我身上找出无数问题，最终展示出来的竟然只是荒唐的表情包和视频。

珠贤，你能理解这种现象吗？你能理解人们的愤怒吗？事情发展成这样，你觉得正常吗？人们让我道歉并谢罪，你认为我应该屈服吗？你觉得我应该闭上眼睛、捂住耳朵、关紧嘴巴，按照他们的意愿与期望去做吗？

你真的这样认为吗？

她放下笔，指尖因用力而产生的酥麻感还未消散。她深吸一口气，再缓缓吐出，试图借此平复因某些词语和句子涌起的情绪。写下一封被情感冲动左右的信从来不是目的，那些注定无法寄出的拙劣信件更不是答案。

她穿好衣服，走出家门，在巷子里堆满垃圾的角落撕毁了这封信。撕成两半，叠在一起，再次撕成两半，如此反复，直到信变成完全无法辨认的碎片。正如她之前写的所有信件，这封信也远未能达到触动对方心弦的程度。若仔细审视便会发现，文字中缺少真正的心意。它被废弃，似乎是注定的结局。

*

她患有睡眠障碍。

那件事发生之前，入睡已有些困难，但远没有达到如今的地步。睡眠成了战场，她必须像士兵一样为每一次战斗做好万全的准备。

"你要睡觉，睡不着也要努力去睡。"

当她陷入巨大的旋涡时，人们如此劝她。然而，悲剧始于一句话，她对睡觉失去了兴趣，反复阅读相关新闻报道下的实时评论，不停查看各种社交平台上的匿名贴。她任由自己随着那些言辞沉浮，每一次都在其中迷失方向。没有任何抵抗，她在这样的自我折磨中逐渐消耗殆尽。她终于明白，仅仅几个词、一句话，便足以直击心脏。每个夜晚，被手机屏幕和显示器支配的她死了数百次，数千次。

如今，每个夜晚，仍活着的她都会在梦中遇到那个时候死去的自己。两个人的相遇发生于意识和梦境之间模糊难辨的边界。

"咚咚"，耳边传来敲门声，两个人对坐在那间熟悉的咨询室里。奶油色的桌子，柔软的布艺椅子，透过窗户可以看到市中心的风景。既繁忙又安逸，每个人似乎都享受着舒适平静的生活。

"海秀，你在焦虑什么？"活着的她问道。

"人们在谈论我的事情。"死去的她答道。

"那让你感到不安吗？"

"嗯，很困扰。"

"人们说什么会让你不安呢？"

"指责我的话。"

"能具体说说是什么吗？"

一个不知名的小心理咨询师干了件大事，想红想疯了吧。

先解决一下自己的精神状态吧！赶快给之前找你咨询的人退钱。自以为了不起，实则用龌龊的语言埋葬他人。

心理咨询挣钱太容易了，只要胡言乱语就可以了。

最先出现的是这样的言论，除情绪外没有实质内容。但很快，地点、人物间的关系和具体的经历被补充进来。

我曾接受过她的咨询，真的不怎么样。

她给我一种，嗯……被金钱蒙蔽了双眼的感觉。SE 市 JX 区 HN 洞 LMED 咨询中心。EC 大学心理学系毕业，名字林海秀，42 岁。丈夫是孙泰柱，43 岁。

这对夫妻偶尔会来我们店，两个人都很差劲~他们和我住一个片区。他们家的狗每天晚上都像疯了一样吼个不停，他们从未道歉，你们懂吧？

海秀小姐，你在 HZ 洞 WL 咖啡馆对一个兼职员工态度很不好，还记得吧？

林海秀，010-XXXX-XXXX。

孙泰柱，010-XXXX-XXXX。

事实与虚构交错的信息，唤起想象的名字，提供某种确定感的数字。随之而来的是那层脆弱的犹豫和迟疑的消解，接下来便是无差别的人身攻击，毫无尊重与怜悯。

本性难移，面相是一门科学。在给别人做咨询之前，首先要进行自我管理。不觉得她的眼神有点瞧不起人吗？看着那样一张脸还能进行咨询吗？她的性格和人品有多烂不是已经众所周知了吗？垃圾应该自行分类处理。如果有良心，就闭上嘴安静地消失吧。

对她来说，这些都不是最可怕的。

陌生人说出的话并不让她感到害怕。真正折

磨她的是，那些她愿意与之分享生活的人未曾说出口的话。她能读懂他们的面部表情和眼神，他们谨慎地藏在面孔后的怀疑和遗憾，才是深深刺痛她的利剑。

瞬间，那些话语将她包围，无论是死去的她，还是活着的她，都被紧紧缠缚。然后梦醒了，她再次被自己迫切需要的睡眠所抛弃，在这场战斗中她从未获胜。

两天后的周六下午，她终于在给流浪猫喂食的空地附近见到了世伊提到的那个阿姨。她凝望着随风摆动的银杏树叶，完全没有注意到有人接近。银杏树在阳光下生长茂盛，周围的景色被新鲜的绿意笼罩，一切看起来既明亮又清新。

"咦？是阿姨！就是那个阿姨。"

世伊喊出这句话时，她才抬起头，看向那个女人。女人脖间的蓝色围巾在风中飘动。女人看到世伊后，挥了挥手。世伊奔向女人，两人开始交谈。她停下脚步，等待她们的对话结束。

"您想要救助芜菁？"

女人与她想象中的形象完全不同，年轻干练，散发着活力，可能是因为化了淡妆、穿着得体的正装。

"噢，养珍岛犬的女人，您和她住在一个巷子里吗？我们以前好像遇到过几次，是吧？"

三人聚在一起聊了起来，从如何救助芜菁到对流浪猫的关心，最后分享了一些零碎的信息。

她的话最先见了底。关于猫，关于这个街区，关于她自己，她没有更多可说的了。女人告诉她，附近还有其他人在照顾流浪猫，他们创建了一个网络论坛，并且有一个聊天室。女人详细介绍了自己正在照顾的猫和它们出没的地方，然后提到现在正是小猫数量增加的时节——春天，诞生的季节，猫妈妈们准备迎接它们的幼崽。

"该怎么称呼你呢？你叫我玛露妈妈就可以了，我在论坛里的昵称也是玛露。对了，玛露是我家猫咪的名字。"

"我叫林海秀。"

话音刚落，她便后悔了，后悔这种冲动。她不习惯给自己起昵称，也不喜欢使用多个不同的名字，但至少现在，她应该更为谨慎。她忍不住责怪自己太过轻率。

"阿姨，今天要去什么特别的地方吗？超级漂亮噢!"世伊轻声说道,目光落在女人手提包的皮质钥匙扣上。女人移动时,小小的漆皮机器人便在光线下闪闪发光。

"是吗?阿姨今天很漂亮吗?"女人的表情明亮起来,交替看着她与世伊回答道。

"今天朋友结婚,没时间回去换衣服,就直接跑到这里了。担心它们饿坏了,早上本该喂了它们再走的,没来得及。"

女人与她约定,承诺借给她一个铁制笼子,并表示会提供一些建议和帮助。

分开前,女人问她:"我有点不放心,毕竟现在有不少人只是因为觉得流浪猫可怜就去救助它们,我见得太多了。但这种事情不是带它们去动物医院就能解决的,也不能确定猫身上只有你看到的那些问题,后续的情况谁也无法预料。即便如此,你也愿意救助芜菁吗?你真的可以对它负责到底吗?"

说到"负责到底"时,女人的表情很是严肃。她看着直视自己的女人,心里涌现各种思绪。女人是不是认出了她?她的名字让对方突然想起了什么?女人是否正在回忆那件事,甚至思考其中的细节？她那荒谬的好奇瞬间变成恐惧，女人的嘴巴似乎即将蹦出她不想听到的话。

她避开女人的目光，回答道："是的，我可以。"

*

芜菁的救助正式开始了。

第二天，她提着从玛露妈妈那里借来的捕猫笼在巷子里等待芜菁。放学时间已经过去，世伊依旧没有出现。她不知不觉朝小学的方向走去。

明亮的白昼，春色肆意绽放的街头，摩托车、自行车在行人间无序地穿梭，整个街道充满活力，将她围绕在其中。过去一年里，她刻意回避并认为再也找不回这样的景象。而在那件事发生之前，这不过是她毫不在意的寻常生活的一部分。

她停在能清楚看到学校正门的地方，路过的人不自觉地投来目光，盯着她和手中的铁笼。放学的孩子们好奇地注视着笼子看，但世伊依然没有出现。她望向飞扬着灰黄尘土的操场，反复鼓励自己。

许久之后，她才鼓起勇气，提着捕猫笼朝校门走去。

几年前，她曾来过这里。傍晚时分，她和泰柱一起在投票站前排队等候。1号、2号、3号，"变化与改革""创新与沟通"，这类毫无实际含义的词语充斥四周。她记不清当时将票投给了谁。但无论是谁，她的生活都不可避免地发生了变化。

"穿颜色鲜艳的衬衫吧，更适合你。饿不饿？我们晚上吃什么好呢？听说前面十字路口刚开了一家寿司店，我们去试试？"

她想起当时对泰柱说的话，但不记得泰柱是怎么回答的，也想不起来那天晚上吃了什么。惨淡的午后阳光、闷热的风、逐渐加深的建筑物阴影，残留下的记忆只有这些。

她恍恍惚惚地走过单杠，竭尽全力回想当时与泰柱的交谈。意识不断地将她拉回过去，而其中的她却并不清楚意识到底想让自己寻找什么，更不清楚自己到底想寻找什么。

她什么都想不起来，记忆里什么都没有留下。她费力拉回意识，试图将注意力集中到尘土飞扬的操场上。在孩子们轻快的脚步声和叽叽喳喳的谈笑声中，她加快脚步。

停车场一侧，一群孩子聚在那里。

穿着运动服的孩子们中间，她看到了一个熟悉的面孔。世伊深深低着头，双臂用力环抱着球，脊背紧靠着墙。人声喧嚷，有一个声音格外清晰，语调高扬、吐字清晰，来自某个女孩。

"喂，姓黄的笨蛋，都怪你！就是因为你没做好，我们才会变成这样。你不练习吗？"

轻快的笑声此起彼伏。

"对不起，我一定会更努力地练习。下次我不会犯错了，我向你们保证。"

虽然听得不太清楚，但她确定那低沉的声音来自世伊。远处一辆汽车驶出操场，扬起一阵飞尘。

"怎么保证？你要怎么保证？上次不也和我们保证过吗？你究竟什么时候才能做到？"

"对不起。"

"对不起有用吗？对不起能解决问题吗？"

一个孩子拍了拍世伊的肩膀，世伊的身体往后一缩。她打算再观察一下情况，于是挪动了位置，换到一个孩子们看不见她，她却能清晰听到他们对话的地方。下午渐渐冷却的运动场占据了她的视线。

一个孩子率先离开，接着是两个，三个，直到最后一个孩子也走了，世伊依然没有出现。她在那里等了很久，世伊才缓缓走过来。世伊走路时仿佛拖着沉重的包袱，头发散落在脸颊上，遮住了半张脸，一只袜子滑到脚踝以下，肩上的书包半开着，愣愣地踢着地上的小石子，缓慢地向前移动。

　　世伊低着头走过她身旁。

　　"世伊，世伊！"

　　她唤了一声，女孩停下脚步，回头看。她挥手与女孩打招呼。令她惊讶的是，女孩的表情在一瞬间变得柔和，露出了一丝欣喜。

　　珠贤：

　　　也许这次我依然无法将这封信寄出，但我仍然想写给你。

　　　最近我忙着抓一只猫。那只猫我见过几次，它的情况很不好。抓它时，在笼子里放些食物，然后等它自己走进去。这样说来，"抓"似乎不太准确，我所做的更接近于"等待"。

你能相信吗？我居然在做这样的事情。

别人看到可能会想，她现在都有余力关心流浪猫了，应该过得还不错。或许有人会讽刺地说，果然，倒胃口的人不管怎样都能厚颜无耻地活下去。正如你所说，别人的看法一点都不重要。虽然我明白，但就是无法摆脱。可能是我自己的问题吧。

昨天我翻出你写给我的信，反复读了几遍。信的内容不会变，但每次读的时候，心情都发生了变化。为什么总能发现上一次读时没有注意到的东西？

对你，我好像从未说过一声谢谢。我总以为这种事可以随时做。但正因如此，我不知错过了多少。

*

"应该这样躲过去才对。对方球员从这个角度把球扔过来，我应该这样躲过去，可我被球击中了，结果我们队输了。但实际上我并没有被击中，球扔向我的时候，我像这样躲开了。"

女孩做出各种动作，努力向她说明当时的情况。

"我明明没有被击中，但大家都说我被击中了。我被迫退场。球擦过我的身体，但他们坚持说，看得很清楚，被击中了，催我赶快退场。"

她点了点头，但并没有完全理解女孩的话。她的注意力没有完全投入那些话。

"先去处理一下伤口吧。要送你回去吗？"

女孩低头看着膝盖破皮处凝结的血迹，用手拂去伤口周围的沙粒。

"没关系啦，待会回家再清洗就好了，现在不用特意回去一趟。"

她放下捕猫笼，在女孩面前蹲下，仔细检查女孩受伤的膝盖。膝盖上有一处严重的擦伤，血、沙粒和脱落的皮肉粘在一起。

"我还是觉得应该先清洗一下，消个毒，再涂点药。如果你不想回家，可以去我家。"

她带女孩回了自己的家。推开大门，穿过院子，女孩跟在她身后显得有些紧张。

"进来吧，还是说你想在外面待着，看你自己。"

女孩有些犹豫，但没有思考太久，调整了一下书包的位置，走进了屋子。她不紧不慢地跟在后面，进屋后并没有关上门。

"阿姨，不过，你是什么时候来学校的？你有看到和我在一起的其他人吗？"

世伊坐在沙发上，低沉的声音在寂静的房间里回荡。这份寂静，因为她独自一人面对，显得更加沉重。

"你刚刚和朋友们在一起玩吗？我没有看到。一开始在巷子里等你，但你一直没有出现，我就去学校找你了。"

她帮女孩擦拭膝盖上的伤，装作没有察觉到女孩心中的紧张与不安。毕竟，她曾是一名心理咨询师，处理人类心理是她的专业。但她很清楚，这并不是出于分析与诊疗的角度，而是她在感知女孩的情绪。或许，她在女孩的情感世界里，看到了那破碎的自我。

伤口碰到药水后，冒出一层白色的泡沫，世伊眉头紧皱。

"你是怎么受伤的？摔倒了吗？"

她用棉签在伤口上涂了薄薄一层药膏，然后小心翼翼地贴上创可贴。女孩的膝盖随着她的动作轻微抽动了几下。

"只是在练习而已。"

"躲避球训练每天都有吗？"

"最近基本上是这样，因为秋季有一场比赛。我需要更多的练习，因为我打得不够好。"

"全都要练吗？我是说全校的学生都要参加吗？"

"不是的。我原本不在躲避球队。有个队员转学了，我替补进队。那个人叫全恩彬，是我的好朋友。她转学后，我们就再也没有见过面。"

"原来如此。你是因为喜欢，主动要求加入的吗？还是有人让你这么做呢？如果太累了想停下来，也可以退出吧？"

女孩的膝盖估计要留疤了。她用湿毛巾小心翼翼地抹去伤口周围的沙粒。

"不，我很喜欢躲避球。没那么累啦，而且很有趣。躲避球本身没有问题。"

说完这句话后，世伊没有再开口，她也没有继续问下去。处理完伤口，她起身为女孩倒了一杯苹果汁。回头时，她发现女孩正在仔细观察这间屋子，她点了点头，女孩随即站起来，四处走动。女孩的脚步踏在生疏与好奇之间，透露着一丝尴尬与紧张，表情也变得严肃起来。

她心想，此刻那个孩子眼里看到的是什么？世伊会在这间屋子里发现什么？是彻夜束缚她的怨恨与郁愤，以及近乎自虐的自我贬低与否定吗？是每天都在可怕的战斗中焦灼不安，犹如废墟的内心世界吗？还是她屈服于一切，瘫软在地的模样？也许，世伊会发现一些她从未留意，甚至未曾意识到的东西。

"阿姨，我可以进这个房间看看吗？

"阿姨，那是什么？

"我可以打开这个吗？可以试试吗？"

女孩的声音洋溢着活力，她让女孩按自己的意愿去做。

"我们学校有一个叫宋夏恩的人，是我一年级时的好朋友。以前去她家玩的时候，见过和这个差不多的东西。我可以转一下吗？"

女孩发现了放在客厅花架上的水晶音乐盒，在得到许可后小心翼翼地转动音乐盒的发条，轻快的旋律流淌而出。这是她和泰柱在一次旅行中购买的纪念品。它发出的声音清脆干净，令人难以相信被废弃了这么长时间。

"阿姨，那是什么？"

女孩指着花架上方的青铜奖牌问道。奖牌只有巴掌大小，上面阴刻的文字尤为精致。女孩踮起脚尖，伸长脖子，努力辨认那些文字，然后惊讶地看着她问道："哇喔，这是阿姨得的奖吗？"

她还没来得及回答，女孩添了一句："林海秀，阿姨的名字是林海秀吗？"

为了仔细观察奖牌，女孩跳了起来。她瞬间回忆起几年前收到这个奖牌的时刻，当时的兴奋和喜悦早已消失。对于那一天和那个奖牌，她已经无话可说。

"阿姨，你的名字真好听。你知道我的名字是谁取的吗？是我外公噢！据说他当时想了很久。"

"外公给你取了一个很美的名字。"

听到她的赞美后，女孩顽皮地皱着脸回应："每当我提起这件事，大人们都会这样说。真的，所有人！"

尽管语气中带有一丝埋怨，世伊的脸上却浮现出一抹愉快的笑容。

几天过去了，她们仍然未能抓到芜菁。

某一天，一只奇怪的黑猫被困在笼子里，端庄地吃着罐头。另一天，一群鸽子紧紧围着笼子，不肯离去。有时，蚂蚁和苍蝇把装食物的桶围得乌黑一片。

芜菁并不是从未露面。她见过芜菁几次。

某个晚上，她幸运地看到芜菁在笼子附近徘徊。芜菁没有放下警惕，先是绕着笼子转了几圈，似乎轻易识破了她的意图。接着，它用行动证明了这一点，将上半身伸进笼子，仔细地检查笼子的构造，然后悄悄地叼起鸡胸肉，离开了那个地方。

尽管四周黑乎乎的，她仍能看到芜菁的状态越来越差。肿胀的眼角，额头上未愈合的伤口，一瘸一拐的步伐。一个生命在痛苦中激烈挣扎又默默地承受，她能做的只有远远地注视。

那之后的一个晚上，一只体形巨大的猫挡在芜菁前面，就在芜菁叼着食物，刚从笼子里走出来的时候。两只猫在停放的车辆与笼子之间的狭缝中相遇，低沉的怒吼响起，彼此发出警告。它们毛发竖立，眼睛紧紧盯着对方，对峙开始了。在紧张的氛围中，芜菁毫不退缩，这个小生命坚定地遵循着自己所习得的生存法则。

率先展开攻击的是芜菁。

如金属碰撞般的短促叫声在空中回荡，威胁性的动作交织在一起。她手忙脚乱地追踪着两只快速移动的猫，视线紧紧锁在车辆底部。就在这时，一辆摩托车突然从堆满垃圾袋的电线杆后冲出来，她差点撞了上去。追到围墙尽头时，大块头猫主动离场了。

芜菁守在原地，目光追随对方的身影，直到它彻底消失，然后抬头看了她一眼，仿佛确认了一切安全，这才瘫软在地。它似乎有点喘不过气来，小小的身体剧烈颤抖着，两只眼睛眯成细线。她无法确定其中蕴含的是恐惧，还是宽慰，更无法分辨自己此刻看到的是生命的顽强，还是死亡的阴影，抑或是生与死之间的某种难以言喻的模糊状态。

她只知道芜菁又一次勉强度过了危机。她从口袋里掏出三文鱼罐头，向芜菁走去。

"我不会攻击你，也不会伤害你。"

她试图通过表情和动作，以非语言的方式传递自己的心意。芜菁屏住呼吸，观察着她的每一个动作。在忽明忽暗的汽车和摩托车灯光下，娇小瘦弱的身影时隐时现。过了好一会儿，芜菁慢慢地站起来，缓缓靠近，开始吃她倒在地上的罐头。每次咀嚼时，脸都会因痛苦而皱成一团，但仍不停地四处张望。

"活着很辛苦吧？"

她勉强按捺住心里想说的话，又倒了点三文鱼肉在地上。芜菁嗅着气味，努力吞咽。她们之间的距离越来越近，她伸手便能碰到芜菁的鼻子，视线也越发频繁地交织在一起。

某个瞬间，她意识到自己与这个弱小的生命建立了微妙的联结。人类与动物，在语言无法发挥作用的情况下，只能通过食物和水形成最小限度的牵挂。她似乎感受到芜菁接受了自己的真诚。不过，这或许只是她臆想的确信，一种荒谬的幻想。

芜菁抬起头，叫了一声。

那声音低得几乎听不见，近似呼吸的轻叹。她压低上半身，尽量不惊动芜菁，轻轻眨了眨眼，然后缓缓向后退了三四步。芜菁将食物舔干净后，仰起看不出表情的脸瞥了她一眼，便转身离去。她将那一眼视作芜菁对她的问候，不是永远划清界限的道别，而是下一次相见的约定。她没有追随它的脚步，而是站在原地注视着它远去的背影。

赌上一切的战斗也意味着可能会失去一切。而这只是为了守护微不足道的自己而进行的战斗。

那个夜晚，她究竟目睹了什么？芜菁领着她看到了什么？不，或许应该问，她希望从芜菁身上看到什么？

李成木记者：

您好。

我是林海秀，您应该还记得我的名字。

《心理咨询师的一句话杀死一个人，难道就这样算了吗？》，我至今仍记得您那篇报道的标题。有些记忆是无法抹去的，它们会一直伴随我，直到生命的尽头。这种不曾消散的提醒让我感到害怕。那篇报道我至今都没读完。我试过几次，但每次都难以坚持下去。

我的内心确实充满羞愧与悔恨。想要逃

避所犯的错误，我确信自己有这样的冲动。但事实并非人们所想的那样。您写的并不是事实。我从未用语言作为武器，推动一个人走向死亡。

我想问问您，明知道自己的报道会被广泛阅读，您是如何在毫无事实依据的情况下仅凭猜测写出那样的文章？又是如何在没有对当事人进行任何采访的情况下就将那样的内容发表？

事情已经发生，无法改变。我知道需要时间，时间会还原真相。很长一段时间里，我试图依靠那些挂在人们嘴边的建议活着。我的律师为我提供了几种具体的应对方案，但我始终觉得，在这件事中，有些责任是我无法回避、必须承担的。

然而，我已经不能无期限地等待下去了。

我将在下周正式对您提起诉讼。我将追究您作为记者在法律上的责任。我相信您清楚，在您的报道发表后，网络上出现了很多类似的文章，我也会考虑就此追究您的责任。

如果您对此事有任何想法，

　　她检查了一下空的捕猫笼，然后向家的方向走去。途中，她注意到便利店门口聚集着一群人。

　　四个人围在一张长椅旁，中间坐着一个女人。她低着头，没有什么动作，似乎在哭泣。

　　"真是太过分了，吓到你了吧？天哪，真是无法想象！没关系，冷静下来，遇到这样的事情，必须坚强！"一个女人的声音。

　　"是养珍岛犬的那家吗？还是那边烤肉店的人？不对，这个巷子还住着一个身体硬朗的老头，他家里堆满了破烂，会不会是他？"

　　一句接着一句，声音越来越大。好一阵子后，她终于看清楚，坐在长椅上的女人是玛露妈妈。她站在原地，犹豫不决，不知道是该走过去说几句话，还是转身直接离开。

　　"哎呀，你好！我一直都想知道芜菁怎么样了，成功了吗？"玛露妈妈认出了站在远处的她，抢在她行动之前问道。玛露妈妈站起来，向她走来，双手擦拭着眼角的泪水。这个女人看起来比之前更为冷静，同时也带着些许疲惫。

"还没有抓到它。我每天都把捕猫笼放在那里，可它就是不上当。"

周围的目光向她聚拢，她努力控制转身离开的冲动。

"啊，那只长得像奶酪的猫，您就是想要救助它的人吧，玛露妈妈和我们说过。那只猫已经绝育了，有过一次被抓的经历就没那么容易上当，这些小家伙可聪明了！"

"这里暂时只有一只像奶酪的猫吧？它应该还没绝育。"

大家纷纷亲切地与她搭话，她却仿佛失去了说话的能力，脑袋一片空白。她觉得自己或许早已忘记了如何与人交谈。

回忆在脑海中翻滚。从前她与泰柱常去一家中餐馆，和那里的经理关系还不错，常随意交流，偶尔开些无伤大雅的玩笑。

有一天，他们用完餐在收银台结账时，那个经理突然说道："老师，我这么说也许有点失礼，但可以请您最近不要来吗？"

她一时没有理解这句话的意思，以为店要重新装修，或者他们打算休息一段时间。直到泰柱说话，她才明白自己想错了。

"让我们不要来店里是什么意思，以后不接待我们了吗？"

她身后的泰柱有些不悦，经理抬头看了看店内正在用餐的客人，压低声音说道："偶尔会有客人拍下两位的照片并发在网上。虽然我们尽力制止，但难免会有遗漏。如果照片被发在网上，我们会很为难。"

"过去三年里，我每个月都会光顾这里三四次，偶尔还会将聚餐定在这里。每次见到我，你都非常热情地打招呼，难道你忘了吗？"——她没有将这些话说出口，只是用力握紧泰柱的手，生怕这些话从他的嘴里冒出来。

"我知道了，谢谢你能对我说实话。"

她从经理手里接过发票和信用卡。她的感谢发自内心，她早已厌倦人们的不坦诚。面对那些假装什么都没有发生的人，面对那种极为尴尬又不自然的表演，她不得不一遍遍揣摩人们说话的真实意图。身处其中，她感到恶心晕眩。

她宁愿他们直接谴责她，辱骂她，用嘲笑的目光看着她，赤裸裸地表现出鄙视。如果他们这样做，她会像过时小说或电影里的人物，在委屈中承受痛苦。而与此同时，她还有机会将自己的痛苦展现出来，观众想要多少，她就能给多少，甚至更多。

他们躲在礼貌与修养的帷幕后，采用所谓的为人着想的方式，是最折磨她的事情。这也许是人们能施加的最安全的、最有效的惩罚方式。

那时，她已经忘记如何与人交谈。也许，正如泰柱所说，是她将沉默作为武器。为了让她开口，泰柱用尽了安慰、劝说、刺激和引导等各种手段。她努力回想，那些画面闪现，又很快消失在记忆深处。

"它绝育了吗？我没有仔细观察过。顺便问一下，你把笼子放在哪里了？它肚子饿了才有可能进去。但巷子里总有食物，它总能吃到。我们也不能不放食物，毕竟还有其他流浪猫。真令人头疼。"

玛露妈妈的脸上浮现出一丝微妙的表情，她曾见过的那双坚定又充满生气的眼睛重新出现。

她低头看着地面，咬紧嘴唇，视线不自觉地落在人行横道砖缝中的几根草上。她试图在能看到的东西中找寻痛苦的痕迹，渴望从中找到些许安慰，可这样的自己让她感到害怕。

"它亲近人吗？更多的问题出现在救助后，不可能再把它放回街头。你打算收养它吗？"

不知是谁提出了这个问题，她回答说："我没想那么多。"

玛露妈妈似乎突然想起了什么，开始讲述往事。这里曾有只猫因吃了不对的东西而死去，据说是有人故意放置的。提到这件事时，玛露妈妈的脸上显现出一丝扭曲的痛苦。去年从夏季到秋季，小猫扎堆死去，目击帖不断在网上出现，内容恐怖又残忍。警方的调查每次都只是走形式，没有任何实质性进展，人们的不满也因此逐渐积累。

她依旧保持沉默，周围的人也立刻收起之前试图寻求共鸣和同情的声音。沉重的安静压来，在他们四周弥漫。

"这家伙也没活满一年。你看，它和芜菁的体形差不多吧？"

玛露妈妈指了指放在长椅边上的航空箱。透过格栏可以看到里面有一团白色，是一只瘦小的白猫。它蜷缩着，像被揉成一团的老报纸。

"它是死了吗？"话刚出口，她立刻觉得自己脑袋有问题。

"嗯，死了。我们发现得太晚了。真的，太残忍了。这些人到底在做什么，居然喂它吃老鼠药。早点发现或许还有希望。那些人实在太过分了！"

她注视着航空箱里一动不动的猫，感受到一种无法言喻的冲击，既不是悲伤，也不是绝望，而是一种更难以描述的情绪。

"现在要怎么办？"

"明天带它去火葬场，送它最后一程。"她自言自语般的问题得到了回答。

"火化？动物也可以举行葬礼吗？"

她意识到自己对这些事情所知甚少。过了一会儿，她从脑海里盘旋的无数蠢问题中，艰难地挑了一个。

"这种事情很常发生吗？"

那一刻，她想到了芜菁。

泰柱：

　　几天前，我在仓库找到了你的日记。那是你小时候用铅笔写下的，婆婆用线把它们串在一起。我完全没有想到它们会在那里。虽然你说过，不管找到什么东西，直接扔掉就好，但我觉得这些日记不是我可以随便处理的，毕竟它们与我无关，是你的童年记忆，是你亲手写下的。如果需要，我可以邮寄给你。

　　还有一件事，你的大学毕业证、聘用书和获奖证书都在这里。虽然可以重新申请领取，但这些都是原件，我不知道该怎么处理。老实说，我不确定这样问是否合适，但这些东西对你来说很重要，我觉得还是先问问你。

　　你挑选并打磨的木桌板也还在仓库里，工具箱和铁支架也在。昨天我还在院子里找到了你珍藏的两块观赏石，一块泛着浅粉色光泽，另一块刻有波浪纹。你当时好像说是一个朋友从国外带回来送给你的礼物。不对，好像是你自己买的。我记不太清了。如果你需要，这些东西我也可以一起寄给你。

　　你喜欢的照片、画和黑胶唱片，我都放在一个箱子里了。那时因为不想看到这些东西，我干脆一股脑儿全塞进箱子里，然后就把这件事忘得一干二净。这些东西，我也会寄给你。可能还会找到其他东西，比如衣服和鞋子，我会抽空再找找。

　　几天后，她又遇见了玛露妈妈。

　　"你到底是做什么的？"

　　这次，玛露妈妈也站在了是非中心。两个身材魁梧的女人和一个上了年纪的男人把玛露妈妈围住。

　　这是她放捕猫笼的地方。空荡荡的笼子在人们的裤腿后若隐若现。聪慧的芜菁可能永远都不会掉入这铁制的陷阱。她觉得这一切都是徒劳。想要抓到芜菁就得另寻方法，但她没有思路。

　　"我不是说过吗？有只猫伤得很重，我们需要抓到它。无论是谁都有权接受治疗。"

"治疗还是怎样，我可不知道。我问的是为什么总在这里喂猫，为什么要把附近的流浪猫全都引到这里。"

"老人家，那些流浪猫一直在这里生活。它们在这里出生，也会一直在这里生活下去，并不是我引它们过来的。"

"你在那个铁笼里放那么多食物，不是召集它们过来，是在做什么？动物追着食物跑，你以为呢？"

"老人家，那只是一个陷阱，是为了捉住受伤的猫。"

"行了，我听不懂你说的话，赶快收拾走吧。想抓猫就放到自己家门口，也不是一两天的事。真不知道你们在做什么，为什么总是逼我重复同样的话？"

"不，这里不是您家门口。这是一条路，供大家走的路！"

玛露妈妈没有退缩，与她对峙的三个人也一样。每个人都坚定自己的立场，背后有着各自的理由。她不想断定谁对谁错，选择保持沉默。

她划下界限，尽量保持冷静。某种程度上，明确立场比保持中立轻松得多。这是一种迅速展现自己身份的方式，也因此更具吸引力。只要与自己无关，所有事情都可以迅速下判断，也可以随时撤回，最后还可以轻易地忘掉。她明白眼前的生活正是这类行为所带来的后果。

"真的不明白为什么非要跑到别人生活的区域制造麻烦。喜欢动物确实是你们的自由，但为什么非要别人为你们的行为买单？请你们说一下。"

"我们制造了什么麻烦？"

"你怎么就是听不懂人话呢？我说了那么多，你听到了什么？左耳进右耳出吗？"

人类的声音越来越大，她朝声音的源头走去，说道："笼子是我放在这里的，不是她。等抓到那只猫后，我会立刻收拾。"

他们回过头看着她，都是熟悉的面孔，是她在这条巷子里至少见过一两次的人。他们知道她的家庭住址、家人和职业，这些信息足以拼凑出她生活发生的巨大变化。

"以后我只在晚上放一会儿，早上就会过来收拾清理，实在抱歉。"

"最多只放几个小时，请不要担心。"她又添了一句，尽可能让自己保持礼貌，用恭敬的态度和动作安抚他们的情绪。

他们并没有收起脸上的不满，但似乎也不打算再多说什么，仿佛他们真正想要的仅仅是她们低声下气的模样。也许，他们只是希望她们明白，这件事必须先征得他们的同意。而现在，他们所展现出的让步，或许只是对她施舍的最常见的同情。

"你是住在那里的老师吧？一旦出什么问题，我们会立刻过去找你的。"

三个人嘟囔着朝不同方向散开。玛露妈妈一言不发地盯着这些人的背影。她低头拾起散落一地的东西，那些东西显然属于玛露妈妈。

"真无法理解这些人。这件事与他们无关，为什么纠缠不休？"

"暂时应该没事了。"

玛露妈妈立刻否定了她的话："你太天真了，他们只会更来劲，现在又多了一个可以欺负的对象。他们就是无理取闹。"

她想说"我已经习惯了，一直都在接受厌恶和憎恶的鞭挞"，但努力压抑着这股莫名的冲动。

"总是和别人发生冲突，你不会觉得累吗？还得一直听那些不想听到的话。"

"你指的是那些刻薄的话，还是与别人的争吵？这些事一点都不重要，算什么问题啦！猫猫的生死才是大问题。总不能眼睁睁看着它们死去吧，我做不到。"

玛露妈妈的声音里带着一丝愤怒。她的目光不由自主地落在玛露妈妈伤痕累累、青一片紫一片的胳膊上，没再说什么。巷子里的路灯突然闪烁起来，玛露妈妈抬头看着灯，说道：

"其实你说得对，怎么可能不累，光是照顾流浪猫已经很累了，还要遭受他们的指责。每走一步都能听到讨厌的声音，这不是好人该有的待遇。我经常劝自己，不要再继续了，可就是做不到。总不能因为不想听到别人的辱骂就让小家伙们挨饿，我不能那么做。"

玛露妈妈用眼神寻求认同，她点了点头。这条路不属于任何一个人，是所有生活在这里的存在的共享之地——其中包括人类之外的生命，比如猫和鸽子。每一个拥有生命的生物都背负着活下去的使命，这并非选择，而是天生的责任。

她并不是不明白这个道理。

出门前她需要准备的东西越来越多。

捕猫笼、猫粮、熏制鸡肉、猫条、猫薄荷、喷雾、垃圾袋、卫生手套……这些物品几乎成了她生活的一部分。某天，她提着捕鼠器，拉着手推车，车里装着大帽子、瓶装水、雨伞、防水布、湿巾和细绳。站在门口时，她有些犹豫，担心自己看起来像人们口中"爱小题大做的猫妈妈"。换作以前，或者那件事没有发生的话，她绝对不会做这种事。

她曾深信自己能够清晰地分辨哪些事情是该做的，哪些是不必做的，哪些是必须的，哪些是可有可无的。而现在，她不再对任何事情有把握。她被迫接受了一个事实——生活的主宰并非自己，而是生命本身。

由于邻居的反对，白天她只能在有银杏树的空停车场等待芜菁。芜菁偶尔会出现在那里，它的状态依然很差，丝毫没有好转的迹象。

一天下午，她看到芜菁与小黑一起吃猫粮。那是个雨天，她打着一把黑色的伞，蹲在一旁静静地观察。雨滴落下，沙粒飞溅，风吹过时银杏树叶向一边倾斜，仿佛为这场雨伴奏。

小黑吃饱后没有马上离开。它守在吞咽缓慢的芜菁旁，舔舔芜菁的眼角，用舌头为芜菁梳理杂乱的毛发，似乎是在鼓励芜菁："多吃一点，再多吃一点。"

她移动了好几次笼子的位置，但没有任何效果。想用这个方法抓到芜菁，希望渺茫。

"嗨！"

她挥了挥手，小黑向她走来，芜菁小心翼翼地跟在后面。小黑猛地甩动身体，把身上的雨水抖落得四处飞溅，水珠打湿了她一侧的脸颊和下巴。芜菁则停在稍远的地方，任由雨滴落在身上。嘴角挂着拉丝的唾液，不时露出的虎牙肿得通红，无法着地的前爪像被重物压过一样，失去了原本圆滚的形状。

疼痛紧紧钳制住这个脆弱的生命。

"芜菁，过来，过来吧！"

她伸出手迎接小黑。小黑用鼻子蹭她的指尖，随后轻轻地用一只前爪触碰她的手，雨水打湿了它的身体。她不禁与小黑互动起来，但视线始终没有离开芜菁。

她感到心痛。

同情与怜悯，是人类最容易从弱小可怜的动物身上感受到的感情。她不知道自己所感受到的是什么。她无法判断，让自己感到心痛的是折磨芜菁的痛苦，还是被痛苦包围的生活；是那些艰难的日子，还是那遥远且不确定的未来。她甚至分不清，这种情感是关于芜菁，还是关于自己的。

第二天，她主动去找了玛露妈妈。

她刚走到已拉下卷帘门的便民奶站，就看见玛露妈妈从远处走来。穿着宽大连衣裙的玛露妈妈像是刚睡醒的样子，略显疲惫，手里拿着一只黄色的捕猫笼和一副过肘长手套。

玛露妈妈带来的远不止这些。

"你知道最重要的是什么吗？就是不放弃。大部分人尝试几次没成功，就放弃了。我不这么想，只要不放弃，总有一天会成功的。"玛露妈妈鼓励她。

"或许吧。"她低头看了看黄色的诱捕笼，自言自语道。

玛露妈妈分享了过去七年救助流浪猫的感悟，谈到这段经历如何改变自己的生活，也提到这件事的残忍之处。她还提及因这件事而陷入的陷阱和阴谋。

"坚持这么多年，真不容易。有不想做的时候吗？我的意思是，是否想过放弃？"

"已经度过那个时期了，现在不会那么想了。那样的想法对要做的事一点帮助都没有。"玛露妈妈指了指地上的捕猫笼说道，"你知道我用它救了多少生病受伤的小家伙吗？"

见她没有说话，玛露妈妈主动与她约定，只要成功救助芜菁，就会告诉她准确数字。玛露妈妈似乎想通过这样的方式给她一些信心。

她依然想知道玛露妈妈为何坚持下去，无法改变所有流浪猫的生活却依然不断努力的理由是什么，以及从中得到了什么。

"理由吗？没什么理由，猫咪活下去不是因为有什么理由。既然被赋予了生命，就活下去呗。我也一样。"

说完这句话，玛露妈妈转身离开，并叮嘱她，如果需要帮助，随时联系。

朱汉娜：

汉娜，希望你一切安好。

我听说你多次联系咨询中心，你可能也听说了，我暂时没办法进行咨询了。关于何时能重新回到中心工作，我很难给出准确的答复。如果你愿意，我可以向中心提出申请，为你介绍一位可以提供帮助的咨询师。你的个人记录我可以直接转给下一位咨询师。但如果这么做让你感到不舒服，我也可以要求中心按照程序销毁相关记录。

不得不突然中断你的咨询，我感到非常抱歉。

我不知道这样说是否能帮到你，但我相信你一定能够度过这个时期。正如我常说的，我从未怀疑你身上那些美好品质所蕴含的力量。即使现在你可能还未发现它们的存在，但我希望你能记住，你比自己想象中更坚强、更美丽。

我经常会想起你在第一次咨询时问我的问题，或者更准确地说，是你提出的一个明确要求。你说，自己只需要一个诊断，并且要求我不要安慰你。

"我不需要安慰，我需要解决方案。"

所以我每周都能看到正在一点点改变的汉娜。对我来说，这既是巨大的惊喜，也是莫大的安慰。

如果有任何我能帮忙的地方，请随时联系。那段时间里，通过你，我也学到了很多。

*

"喂，你在哪儿？在家吗？"

还没到中午，母亲打来了电话。她犹豫了一下，还是接了起来。母亲是少数不强求她回应的人。只要知道她在听，母亲便感到满足。

"上周我和你爸一起去参加了面包店老板的葬礼。还记得吧？开在市场里的虎山堂面包。小时候和你一起玩的妍雨，她已经生第三个孩子了。葬礼上，她拽着我的衣角哭个不停，说什么以为自己终于能好好尽孝了，谁知道爸爸就这样突然去了。她从小就是个脆弱的孩子。对了，你还不知道吧，她爸死于心脏骤停。唉，他活得那么努力，走得太仓促了。"

她坐在门前的台阶上听着母亲的叙述。

整个冬天荒凉干枯的院子，如今各个角落都冒出了新绿。

"对了，昨天看新闻才知道，原来吃鱼对身体不好，特别是体形大的鱼，青花鱼和马鲅鱼也算。不都是你爱吃的吗？最近还是别吃了。嘴馋了就吃点其他海鲜。你还在听吗？你最近都吃什么？一日三餐不能将就啊，身体会坏掉的。人没了健康，得到一切都毫无意义。就算一个人也要吃好每一顿饭，不要嫌麻烦。你听到了吗？"

"嗯，听着呢。"她回答得很简短。

大门那边，隔壁的女人牵着珍岛犬从门口经过，快递员推着堆满各种箱子的手推车向巷子深处走去，外卖摩托车伴随着嘈杂的音乐穿过巷子。

"什么时候有空回来一趟啊？"

"嗯，知道了，我最近抽时间回去。"

她说着不会实现的话，试图安抚母亲的不安。说出可以说的事情，听到不能说的东西，这是她们之间的沟通方式。寻找话语中隐藏的空间，两人通过这种方式了解对方。现在，她们深知这是能避免互相伤害的最好方式。

当有关她的报道满天飞时，母亲打来电话："海秀，有什么事吗？"

那时，她无法回应任何人的任何一句话，心中已经有太多言语在翻涌，只要再多一句，它们就会越过水位线。一旦她的闸门被冲开，应急灯闪烁不停，警报声拉响，那时她就什么都控制不了了。

"只是出了点问题而已。"

"什么问题？严重吗？你爸好几次想打给你，都被我拦下来了。我是背着他打给你的。妈妈很担心你，身边有人能帮你吗？泰柱是怎么说的？"

"我会处理的，别担心。"

"孩子，是不是有人误会你了？他们一定搞错了。你压根没说那些话，对不对？听说那个演员死了，是真的吗？他真的自杀了？到底是怎么一回事。"

母亲的话化为一根根柴火，她心里的不安更猛烈地烧起来。无法承受的事物在她内心迅速堆积。

"别看那些东西了，最近也不要上网，什么都不要做。"

"不要这样，闭上眼睛，这件事并不会消失。好歹也要做点什么吧，如果那个人已经死了的话。"

母亲的每一句话都瞄准了她。她觉得母亲在质疑她，怀疑她录节目的动机，批判她说过的话，甚至指责她的行为。

"孩子，海秀。人非圣贤，孰能无过。妈妈有和你说过吗？在你很小的时候，你爷爷曾经遇到过一件事，起初我们谁都没有把它当回事，那确实不是什么重要的事情，结果有一天你爷爷……"

她打断母亲的话，反问道："妈，我说的那些话是谁都可以说的话。没有我，也有无数的人那样说。几句话就会让事情发展成这样？我现在能怎么做？说自己当时是故意的，我就是想要他去死？还是说自己是杀人凶手？你真的觉得这样的结果是我想要的？你觉得是我害死了他吗？那个人是自杀的，是他自己选择结束生命的！"

母亲没有再说话。

那之后她再也没有从母亲的话中感受到评判的痕迹。母亲也没有再提起那件事，既不是刻意回避，也不是用沉默审判她。母亲的沉默没有任何意图。母亲的看法发生了变化吗？母亲是否察觉到是与非、对与错、无辜与有罪的界限在她心中变得越来越模糊？

"孩子，海秀。阳光大好的日子多出去走走，多听多看总是有益的。怨恨世界太愚蠢了。"

她简短地应了一声，便匆忙挂断了电话。然后，她似是下定了什么决心，迅速穿好衣服，走出了家门。

*

一群孩子聚在操场的一侧。

他们杂乱地走来走去，然后排成一列。似乎一场躲避球比赛即将开始。孩子们动作敏捷利落，躲闪着飞向自己的球。黝黑的后脑勺迅速聚集又飞快散开。每当球飞向空中，孩子们都会发出激昂的呐喊声。

她的目光停在孩子们散发的活力与生气中。

那是一个温暖的下午，比赛暂时中断，孩子们纷纷离开自己的位置，朝着一处聚集。起初，气氛轻松愉快，随着时间的推移，真实情况渐渐显露。

孩子们先是环绕球场四周，接着挤在一起，肩膀紧紧挨着，然后一个孩子走向球场中央。那个孩子的体形比同龄人大些，步伐却偏小，头微微低着略向右侧倾斜，那是世伊。

世伊独自一人站在球场中央。

"开始！喂，我说开始！"

话音刚落，孩子们开始传球。站在球场外围的孩子快速传递着白色的球。世伊身体紧绷，看上去非常不自在。孩子们到底在做什么，这是一种练习吗？她知道并非如此。

突然，球猛地朝球场中央射去。

"喂，黄世伊！快躲！压低身体！你不看球吗？看吧，你又被砸中了！你是木头吗？"

有人大声喊道。

球再次在孩子间传递，速度越来越快，形成压迫感十足的节奏。她意识到这不是普通的训练，而是狩猎游戏，将猎物逼入绝境的圈套。

让她感到震惊的却是另一件事。

以现在的情况来看，世伊是毫无反抗能力的猎物。但这个孩子并不像她想象的那样自暴自弃。她集中精力，迅速判断并做出反应。她的动作越发熟练，反应既迅速又准确，每一次躲闪都充满力量。她弯腰，用力跳起，扭动身体，双手撑地保持平衡。尽管有几次差点摔倒，但她依旧没有停下，站稳，继续拼尽全力。

随着球的加速，世伊的动作也加快。

"喂，黄猪头，再快一点，别想偷懒！"

球砸中了世伊的肩膀，向上弹起。

"抓住它！喂，我让你抓住球！"

球撞上世伊的大腿，弹了出去。

"喂，睁大你的眼睛！闭着眼能看到球吗？快睁开眼睛！"

球击中世伊的头、手、侧腰、脚尖，像是有意瞄准她身体的每个部分，片刻不停向她冲去。

这显然违背了体育精神。也许这就是新闻或报道中提到的霸凌。然而，她不会轻易介入。她明白以严肃成年人的面孔闯入孩子的世界，试图给他们提建议，教他们应该友好相处，对解决问题没有任何帮助，只会让情况恶化。外部声音无法撼动孩子的世界。

"阿姨，你看到我练习躲避球了吗？"

所有孩子都离开后，世伊低沉的声音传来，稚嫩的脸上满是疲惫与羞耻。她看着地上的黄色捕猫笼说："我只看了一小会儿，这是玛露妈妈昨天借给我的，今天就用这个来救芜菁吧！"

　　世伊坐在台阶上，脱下运动鞋，抖落里面的沙粒，动作幅度非常大。

　　"想说什么就说吧。"

　　世伊回答道："阿姨，请别再来学校了。我们还是在那个废弃的停车场见吧，就是那个专门给流浪猫喂食的空地。"

　　"好，我知道了。"

　　午后的阳光透过浓密的云层洒在两人身上，她们在沉默中朝校门走去。到了门口，她终于放弃了用话语，即某种语言来安慰女孩的念头。作为心理咨询师，她曾坚定地相信话语的力量，但现在她发现话语虚弱无力。她无法对任何话产生信心，无法预料自己说出的话会如何变形、被歪曲。也许她早该意识到这一点。

　　深思熟虑后，她开口问道："饿不饿？要不要先去吃点东西，喝个饮料？"

　　世伊没有回答，只是不停晃动着胳膊上的包。

她再次开口："对不起，阿姨不该突然来学校找你。我以后都在空地等你，不会再来学校了。"

世伊抬起头，看着她说："那我们说好了，必须遵守。"

崔京镇律师：

您好！我是林海秀。

关于起诉李成木记者的事，我答应会将自己的想法整理给您，但不知不觉拖了这么久。其实我还是有些犹豫，偶尔会问自己是否真的要做到这个地步，偶尔又会思考自己到底在纠结什么。老实说，我也不太清楚自己到底在担心什么。

我总是在思考最后一次见面时您对我说的话。事情已经发生，我们应该努力去解决问题，找出能解决问题的方法。做错事便去负责，受到伤害要争取道歉与赔偿，这是独立的两件事。不需要想得太过复杂，烦恼得越久，越容易错过最关键的时机。

因此，为了不再让我的权益受损，我想起诉包含李成木记者在内的所有恶意留言者。当然，我也知道这个选择可能会让自己陷入更艰难的局面。毕竟得到道歉与赔偿并不能解决所有问题。但我觉得您说得对，有些事无论结果如何，最重要的是采取行动。

关于起诉的具体流程，还请您以书面形式告知我。同时，我也想了解其他人的决定。此外，李胜表和张秀珍的案子是否也由您负责？

还有一件事，上次我想和您说的是

*

她意识到耐心等待芜菁并不是好方法，她需要更积极的行动和更有创意的办法。

周六下午，她与世伊一同前往那片空地。那是一个风和日丽的午后，曾爬满整面墙的黄色迎春花已经凋零，前些日子还盛放的樱花也几乎落尽，泛着红光的蔷薇花苞正准备绽放。等蔷薇花凋谢，夏天便正式到来。

"阿姨，如果今天顺利抓到芜菁，你要带它去医院吗？听说动物医院收费很高，因为动物没有保险。是爸爸告诉我的。"世伊有些迟疑。

"嗯，应该立刻带它去医院，得先问问玛露妈妈附近有没有值得信赖的医院，我甚至都没考虑过这个问题。你有去过动物医院吗？"

"嗯，去过一次。"

"什么时候？"

"宾戈生病的时候。宾戈是我奶奶以前养的狗，是一条白色的珍岛犬。"

"它当时病得很重吗？后来好了吗？"

"它死掉了。"

她没有追问，等着女孩说下去。

"我奶奶也是在医院去世的。我们带芜菁去医院，应该能治好吧？最后不会也死掉吧？"

她常常被女孩的想法惊到。世伊或许没有意识到自己的思维早已远远超越了作为成年人的她。

"医院是治愈疾病的地方。嗯，肯定也会遇到治不好的情况。如果去得太晚或身体虚弱，医院也没有办法。芜菁不会有事的，不用担心。"

世伊似乎想说些什么，嘴唇微微动了一下，但马上停了下来。未吐出的话在孩子的脸上留下淡淡的阴影。黄色的诱捕笼，细长的捕捉网兜，零食包，铁制的捕猫笼……两人的脚步越来越沉重。

"沉不沉？给我吧，阿姨来拎。"

"没关系，我力气很大的，你看！"

孩子大摇大摆地超过了她。她放下手中的物品后环顾四周，寻找合适的位置。芜菁来回穿梭的路径，能让机警的芜菁放下警戒心的地方……

最后，她将铁笼放在银杏树旁，稍远一点的地方则放了黄色的诱捕笼。与铁制捕猫笼不同，诱捕笼的底部是开放的，更容易骗过猫。它的设计核心在于，猫踩在上面时，脚爪的触感与地面不同，视力不佳的猫咪只能依赖其他感觉来判断。

"世伊，你想试试吗？"

世伊一拉绑着木棍的绳子，诱捕笼立刻盖在了地上。她反复调整木棍支撑的位置，尽可能将笼子撑到最高。在请世伊试验了几次后，她在诱捕笼里放了几块可口的鸡胸肉，然后坐在远处等待。

"芜菁会来吗？

"今天能抓到它吗？

"你觉得怎么样？"

世伊一开始还会坚定地回答，但很快拿起手机，不再回应。她抬头注视日渐茂盛的银杏树，换了一个话题。

她主动提起昨天深夜犯下的错误——明知道天亮后会后悔却依然选择去做。孤独迫使她违背了自己的决定，那是一个被情感吞噬、被孤独推着走的故事。

"世伊，阿姨昨晚给一个好朋友打了电话，她让我暂时不要联系她了。"

"你的朋友那样说了？为什么让你不要再打给她？"女孩表现出好奇。

"我之前和她大吵了一架，她是不是还没有消气呀？"

"什么时候吵的？因为什么？"

她不知该如何说明她们争吵的原因。那不是谁先谁后、错多错少之类的争执，也不是话赶话发展成的互相指责，更不是朋友间的猜忌或误会。如果原因真这么简单，冷战就不会持续这么久了。

世界观和生活态度的差异总是难以找到人与人之间的平衡。

"海秀，关于这件事，你无须向我解释什么，更不必和我道歉。这件事并不是发生在我们之间，和我倾诉也许能起到点排遣的作用，但不该仅是这样，这样是解决不了问题的。你需要做的是去见见那些人，否则这件事永远都不会结束。我让你这样做不是为了他们，是为了你。"那件事刚发生时，珠贤曾这样劝她。但她无法与那些人见面。

那些人是那个男人的遗属，他们并不想见她。这样说或许不太准确，因为她从未主动请求见面，也不知道那些人是否愿意见她。

她不能与那些人见面，不是因为他们不想，而是她自己不想。不论当时还是现在，她对他们无话可说。

那件事发生后不久，她在珠贤的陪同下见过那个男人的母亲。珠贤将车停在三层楼的福利机构前。每当那扇大玻璃门打开，总有穿着五颜六色夹克的老人走出来。

"你知道这是什么地方吗？"珠贤调低车内广播，问道。

她没有回答。

她能感觉到。远处，一个背着花纹包、拄着拐杖的老人缓缓走下台阶。老人一边与周围的人打招呼,一边盯着自己的脚尖。入口处,一个老人蹲下来翻包包,脖子上的蓝色丝巾随风飘扬。更远处,多个老人的身影逐渐浮现。她的目光依次掠过每个陌生老人的脸庞。

"听说朴正奇的母亲在这里。要进去看看吗?"

珠贤开口前,她已经在寻找那个人了。

"你想要我做什么?到底想让我做什么?"她没有将心中的质问说出口,只是默默地注视着那些老人。缓慢的脚步,稀疏的头发,像压了秤砣般朝地面倾斜的眼神。

她受到了冲击。

应该做的与不该做的,能做到的与无法做到的,曾经的原则再次占据了她的全部思绪,但未能阻止一些碎片的诞生与滋长。她从未想象过这些复杂的思绪之外的具体存在:受害者与遗属,真实与猜测,呼吁与反驳;有人瑟缩在如碎玻璃片般的词语之中呼吸、行走、倾诉,履行着被赋予的日常生活的任务——所有的这些,她都知道,但从未将自己的思绪探进去过。

直到这一刻,她眼前才出现了真实而具体的形象。

她很清楚珠贤希望自己做什么，也很明白此刻自己该做什么、能做什么。但她拒绝这一切。她拿律师的建议当挡箭牌，说当前的地点并不合适，自己还在寻找恰当的时机和方式。

对于那天的决定，她从未后悔。

珠贤如何看待仍是个谜。那个对每件事都过分认真的孩子，毫无疑问将这件事看得太过严肃。如果她与珠贤不能达成一致，那么她们的关系注定破裂。她以为自己已经做好了心理准备，相信自己能够舍弃三十年的友情，即便对方是与她共度童年时光、分享所有美好的唯一挚友。她承认珠贤是最懂她、最理解她的人。她明白珠贤只是想把她从困境中拉出来，但她无法接受。

偶尔联系的朋友们、学校的前辈和后辈、咨询室的同事、通过工作结识的许多人，她与他们的关系、与泰柱的关系，尽管结局不圆满，但她已接受。失去珍贵事物的感觉像被慢慢砍断手和脚，她将这视为自己应得的惩罚。

明明无法认同珠贤的想法，明明丝毫不想提起那天的事，她为什么会在深夜给珠贤打电话？她对珠贤那游走在冷漠与疼惜之间的声音抱有怎样的期待？

"好吧，也许这压根不算什么事，随着时间的流逝，最后都能一笑而过吧。我也不知道！只是希望以后回想起来，你不会后悔，不会追问自己当时为什么没有那样做。后悔不起任何作用，不要做会让自己后悔的事。我想说的只有这些。就这样吧。"

这是珠贤留下的最后一段话。

她没有问珠贤自己该怎么做，也没有问需要多久自己才能把这件事当成发生过的普通事件。

她与珠贤之间只剩下干涸沉闷的对话。自然而然的交流、透明的情感、银铃般的笑声，这些往日的默契已不复存在。她们的对话被那件事冻结。

也许世伊与朋友之间的冲突源自同样的处境，她们都迷失了方向，无法达到平衡点。

她想听世伊的故事。

她想弄清楚为什么每当手机振动世伊总是异常紧张，确认过短信后紧张转换为恐惧。她想知道到底是什么样的命令或要求让女孩感到害怕。

"周六不训练吗？"

"有时候会。今天是训练的日子，但我没去。"

"怎么了？"

"没什么，我的腿有点痛，也比较累。而且我还要和阿姨一起救助芫菁呢。"

她点了点头，假装没有看到女孩青肿的脚踝。就在这时，一个小小的影子出现在远处，是小黑。没过多久，一抹黄色的身影从银杏树后走了出来。

"阿姨，芫菁！芫菁出现了！"

女孩小声说着，小心翼翼地直起身来。像往常一样，小黑走在前头，芫菁一瘸一拐地紧随其后。芫菁已经无法睁开眼睛了，舌头不时垂耷出来，脑袋无力地晃动着，几乎要掉到地上。很明显，这些动作并非出自芫菁的意识，某种痛楚正提着手中的线操控着它的身体。

"很好，今天一定要抓到它。"她自言自语道。

*

周六的等待没有任何收获。

小黑毫不犹豫地走进了捕猫笼。铁门"咔嚓"落下，小黑似乎一点也不在意，吃着笼子里的零食，吃完后甚至还伸直四肢睡起了午觉。小黑的行为会给芜菁带去怎样的思考。芜菁是否会意识到过于放松警惕就会被困住；还是会感到一种莫名的安心，即使被困也不会有太大的危险。或许，小黑正在以这种隐秘的方式向芜菁传递信号，帮助她以另一种方式理解困境。

周日上午，她独自前往空地。出乎意料的事发生了。正午刚过，芜菁竟主动向她靠近，步履缓慢，但没有丝毫迟疑。她可以确定，芜菁认出了她，知道她是谁。

她鼓起勇气，伸出一只手，芜菁没有抗拒，将鼻子凑了过来。她拿出猫条，芜菁竟靠着她的手吃了起来。

"你改变主意了？今天会走进去吗？"

芜菁抬起头，与她对视，微微张开嘴巴发出声音，更像是闷哑的呼吸。好在芜菁的状态看起来比昨天好多了，舌头不再耷拉在嘴边，头部的晃动也不像之前那样频繁。

"发生了什么？怎么回事？"

刚刚的一切不知是她的期许还是错觉。阳光下，芜菁的毛发缠结在一起，眼屎和眼泪糊了一脸，斑驳的脸肿得不行，身体却消瘦得惊人。乍一看还以为它已经失去了所有生气，随时可能停止呼吸。

她凝视着芜菁深邃的琥珀色眼睛，目光扫过小小的脚、尖尖的耳朵、细长的尾巴。每一次呼吸，微弱的身体起伏都更加明显。芜菁似乎比初见时长大了不少，模样正一点点向成年猫靠拢。尽管在巨大的痛楚中，生命也依然忠实履行着自己的成长义务。

她决定勇敢一试。

她摇晃着细长的树枝，试图吸引芜菁的注意，想要引导它靠近诱捕笼，同时温柔地抚摸小黑以降低芜菁的戒备。她在等一个决定性的时刻。如果运气足够好，那个时刻来了，她就可以直接用手抓住芜菁，把它放进笼子里。那个脆弱的小生命早已失去大半气力，她甚至用一只手便可完成以上的动作。

期待的事情并没有发生。

所有事情都不会像想象中那样顺利进行。没有那样的事。芜菁只是在黄色诱捕笼周围徘徊。她悄悄靠近，试图用手将它推进去。她的手刚碰到芜菁，芜菁立刻跳起来，瞬间力量无穷，竖起爪子，亮出尖牙，动作与眼神中尽是威胁。

她赶紧拿出事先准备好的毯子，想要用它遮住芜菁，但芜菁迅速躲开了，甚至没有给小黑一个信号，就消失在银杏树后。

在日落之前，她回到了家。

她既没有洗漱也没有吃饭，躺在沙发上打起盹儿来。家里寂静又冷清，是入睡的绝佳环境。即便如此，她也没能睡得很沉，总有嘈杂的碎语紧紧抓着她的意识，不肯放手。

梦里挤满了人。他们喊着她的名字，向她招手。她与他们交谈，互相问候。那些面孔既熟悉又陌生。每次一转头，他们的脸便会变得陌生一分，最后眼前再无熟悉之人。她被困在人群中，努力寻找熟悉的面孔。终于，她看到了一个人。那人低垂着脑袋，脸隐藏在阴影中。但她很确定，那是她认识的人，而且是非常熟悉的人。她用尽力气从几乎没有缝隙的人群中挤了过去，向那个人靠近。

她喊出那个人的名字，那个人回头看她。那是一张完全陌生的脸，带着别扭的表情。那个人直勾勾地盯着她，果决的眼神中透着可怕的寒意。

她接连几次从同样的梦中挣扎着睁开眼睛。不知具体过了多久，她再也睡不着了。夜越来越深，她嚼着干瘪的杏仁和奶酪，打开了电视剧。

"你不要总是这样，我们约个时间坐下来好好谈谈吧。我们也要问问孩子们的想法。"

屏幕上一个身穿蓝色条纹睡衣的男人坐在地板上劝说对面的妻子。

"凭什么？我为什么要听孩子们的想法？没什么好说的，真的结束了。按理说父母是无法赢过子女的，但我做不到，我坚持不下去了。"

女人坐在梳妆台前涂抹乳液，全程没看男人一眼。男人握住自己的一只脚，目光固定在地板上。老式衣橱、低矮的抽屉柜、梳妆台和一张可折叠小矮桌是这个狭小房间里的所有家具。沉默重重地压在屋内。男人开始说话了，语气透露着厌烦。他努力说服妻子。这是这个角色此刻的使命。

男演员的表演非常尴尬，似乎一直在思考如何才能完全成为那个场景中的丈夫，苦恼的情绪太过外露。这或许只是她的个人观感，但与场景不符的妆发、脱离家居风格的服饰，无疑削弱了这段戏的真实感。

场景一转，男人坐在天花板低矮的小吃店里，嘴巴不停地开合，似乎在讲些什么。对面坐着一对夫妻，穿着同款围裙，默契地没有说话。

男人一闭嘴，店里安静下来，三个人错开目光。

"你妈那个倔脾气以前就很出名，没什么好担心的，这次你们不用说什么。这周日回家一趟，我有办法，你们回来就行。"男人嘴里含着炒年糕自信地说道。

演员的表演依然很生硬。对话时的手势十分刻意，语气十分勉强，话语机械地散落在空气中。

走出小吃店的男人仍说个不停："在外面受挫，在家里受气，我的命怎么这么惨，日子越过越难。唉！好歹让我喘口气吧，这叫人怎么活下去！"

她像配音演员一样，大声复述男人的台词。这是一部老电视剧，她已经看过好多遍了，甚至能一字不落地说出部分台词。男演员的戏份并不重，在约五十分钟的时长里，他出现的场面至多只有三四个。

她准确记得他的语气、表情、台词，甚至肢体动作，总能捕捉到那些并不显眼的生硬之处。这到底是因为她对这部剧太过熟悉，还是因为她对男演员的某种特别关注？

五十岁出头的男人尝试饰演七十多岁的老人，在揣摩角色的同时，难免被角色牵着走。起初，她觉得这个演员没有天赋，鲁莽又自负，接下远超能力范围的角色，对自身的局限毫无认知。

如今，她对这位男演员不再抱有任何看法，不做评价，也不下判断。她按下遥控器的电源按钮，屏幕一闪而灭，男人没有特色的脸瞬间消失。

崔京镇律师：

您好。

我是林海秀。关于起诉李成木记者的事，之前我答应会整理自己的想法给您，没想到几周就这样过去了。这么晚才联系您，实在抱歉。

我收到了您发来的邮件。关于此事，除了那三位，其他人都将进入法律程序。收集资料必然需要不少时间，这一点我完全理解。

几个月前我就开始与李胜表先生、张秀珍女士见面。您应该还记得那时候他们与我一起找您咨询。我与他们见面并没有什么特别的目的。每次见面，短则一小时，长也不过两小时，我们只是喝杯咖啡，聊聊日常。

不管是我还是他们，总会遇到迫切渴望理解与共鸣的时刻。每次与他们见面，我心里都会好受些。

至于李成木记者的事情，可以再给我几天时间吗？我觉得自己需要一些时间来思考，最晚会在这个月末将决定告诉您。

抱歉，我好像给您添了不少麻烦。如果有什么我需要知道的，请随时联系我。如果有任何进展，我会第一时间告知您。

还有一件事也想拜托您，就是上次我询问您的那件事。

*

一切准备妥当后，她走出了家门。

这是两个月以来她第一次开车外出。她坐进驾驶座，按下按钮，引擎平稳地启动了。驶出巷子后，她逐渐加速。离家越来越远，不知为何她产生一丝平静。她紧握方向盘，挺直身体，注视着宽阔的道路。鳞次栉比的高层建筑、闪烁的广告灯牌、来往匆忙的人群，已经很久没有出现在她眼前了。

她打开车窗，涌入的光、空气和噪声都让她感到陌生。它们完全属于外部世界，不知为何她感到一丝安心。

她是在逃离自己的世界吗？是不是在感受远离自己的解脱？是不是正享受其中？

对方已经到达约定地点。她走向靠窗的座位，熟悉的面孔映入眼帘。李胜表，三十岁出头，男性，是她每两个月都会见上一两次的人，也是"用随意而尖刻的话语将一个人推上死路的恶人"。

无耻之徒的会面。

作为恶者的聚会场所，这家咖啡馆虽然能将外部景色尽收眼底，却未必是合适的选择。这里或许正是一个能让他们感受到羞耻的地方。不，正是这样的地方，才适合他们隐匿自己。

"你来了！秀珍会晚一点。"

胜表的脸色比上次见面时稍好些，红润了不少，脸上也长了点肉。她在胜表对面坐下。周围平静流淌的古典乐转为轻快的爵士乐。

"这段时间偶尔还会有人认出我，但态度已经不像以前那么恶劣了。已经很不错了，对吧？"

胜表一边喝着咖啡，一边不停地四下张望。他曾是一个普通的上班族，如今仍过着朝九晚五的生活，但已经无法称得上普通。人们看他的眼神、他看待他人的眼光、就职的公司、与同事的交往都发生了变化。那件事之后，他的生活被彻底击垮。尽管如此，至少他是一个愿意承担所有责任的人。

他不知道如何找回曾经的自己，那个曾经的他已经消失不见。她也一样。这是他们之间最大的共同点。他们必须与当前的生活和解，找到实现这一目标的方法。

张秀珍晚了大约二十分钟。她四十多岁，经营一家大型购物中心，公司正面临破产危机。

人员到齐，正式的交谈开始了。

"我真的受到了很大的打击。每天早上起来第一件事便是打开网站删除恶意评论。懂我的意思吧？有人甚至在网上挂了我们家韩斌就读的学校，他才刚满十岁！一个孩子又有什么错？上次我有说车被刮花的事吧。那件事之后，我每次都特意把车停到离家远的地方。也不知道他们是怎么知道的，车偶尔还是会被刮。所以前不久，我罩上了车罩，结果连车罩都被人用刀划得惨不忍睹。"

听到秀珍的故事，胜表的表情变得沉重，仿佛那就是自己即将面对的未来。

他将上半身向桌子倾斜。

"如果，我是说如果，如果我们起诉，会有什么结果。那些写恶评的人都能得到相应的惩罚吗？该不会只是随便付个罚款便了事吧？还有，是谁来认定那些评论算不算恶评？不管去哪里都能遇到认出我的人，每个人看我的目光都很微妙。"

胜表的声音越来越低。

"胜表，你听我说，会不会被认定为恶评一点都不重要，我们需要做的是不再让网友发布那样的评论。你想这样忍气吞声到什么时候？没错，最开始我也想忍一忍算了，就当什么都没看到呗，可没想到竟没完没了。人们怎么能对一件事这么执着？我都觉得有点不可思议。如果我们再不采取措施，那就真的别想结束了，这种事是没有尽头的。为我们家韩斌着想，我必须这样做。毕竟他是无辜的，我说的不对吗？"

秀珍的上半身也向桌子倾斜，额头几乎快和胜表的贴在一起。

海秀恍然发现，秀珍似乎有些不同了。

一年前，他们在律师事务所相识。当时她的律师提前联系过他们，约定了见面的时间，三个人按时到达。会议室里空荡荡的，几乎没有什么摆设。他们坐在那里默默看着律师的表演，"共同应对""先发制人""解决方案"等词语飘荡在会议室中。

难以理解其具体含义的话语，仿佛刚翻字典找到的词，她在生活中从未提及，也丝毫没有必要提及的用语，她只能任由自己被那些语言包围。

"如果您不介意的话，我们能不能聊一会儿？我不会占用您太多时间的。"与律师的面谈结束后，她站在电梯间等待，秀珍走上前来，开口与她交谈。胜表则在离她们几步远的地方迟疑地徘徊着，最终也走了过来。

"请问你们怎么看，决定好要怎么做了吗？那个叫崔英镇还是崔京镇的律师，是谁介绍给你们的？你们了解他吗？他值得信任吗？真不好意思，第一次见面就机枪似的问个不停。但我还想问，你们今天也是第一次见到崔英镇律师吗？不对，是崔京镇律师。"

秀珍用吸管搅着面前冰凉的咖啡，絮絮叨叨地说个不停。胜表神情恍惚地接收着秀珍倾吐而出的话。她知道秀珍和胜表此刻深陷在同样的恐惧之中，她也是如此。那一天，他们唯一得以交换的就是彼此的恐惧。几个滑稽小丑在犯下可笑错误之后的互相交流。他们都在忙着为一场注定无法避免的悲剧做准备。

她记得那一天，她与两人道别，走出咖啡馆时，眼前的景象不是高楼大厦、道路、车流和人潮，而是她从未见过的某种东西。

繁忙而充满活力的都市景象逐渐模糊，一个黑洞悄然而至，等待着"幸运儿"的到来，入口的气压令人窒息。

现在，她在秀珍身上已经感受不到任何恐惧了。

"林博士呢，最近怎么样？还有人再去你们中心的官网上留言吗？之前有阵子不是有很多人跑去留言，把你们官网都搞瘫痪了。最近中心有联系你吗？唉，我每天都会想好几次换电话号码的事，但有很多合作方和老顾客，换掉太麻烦了。对了，胜表先生呢？你也没换号码吧？"

她只说中心没有联系自己，然后转移话题，聊起了最近救助流浪猫的事。

"流浪猫？你是说生活在路边的野猫吗？为什么要救它们呢？"

"我想带它去医院看看，它的状态很不好。"

"哦，带它去接受治疗噢。那是在做好事。你以前也对这方面感兴趣吗？对了，胜表，你决定好了吗？崔律师不是说可以告对方侮辱罪吗？"

秀珍很快又转向胜表，对话重新回到过去。

"我也不知道该怎么办。我在网上搜过了，都说想要处罚恶评者并不容易。如果起诉没有任何结果，反而会让那件事被提起，最后受影响的不还是我们自己吗？你们也知道，我的婚礼已经从去年推到今年了，无论如何双方家长今年都得正式见面，要不然我父母那边该乱套了，女朋友也是忧心忡忡的。"

"胜表，你好好听我说，你以为忍气吞声就能没事吗？你想像这样被困到什么时候？这还是人过的生活吗？这和死了又有什么区别！你打算一直这样活着？"

"当然不能了，谁能一直这样活着。可我真的
不知道……"

两人的对话一直在原地打转。如果陌生人听到
会如何理解这些话？会认为这是关于什么的对话？
他们是受害者，还是加害者？是戴着受害者面具的
加害者，还是伪装成加害者的受害者？

"林博士，你有考虑过这个问题吗？你做出决
定了吗？"胜表转过头问道。

他问她，对那些散布不实消息、持续攻击的人，
她会一直保持沉默吗。尽管用词和语序有所不同，
但其实和律师说的话没什么区别。她再次试图转移
话题，提起最近逐渐上升的气温，聊起据说会异常
炎热的今年夏天，以及月末即将到来的台风。最后，
她说出了准备好的话。

"对不起，近期我可能不能来参加聚会了。不管
怎样，我都希望你们能在深思熟虑后做出决定。"

胜表手中转动的咖啡杯猛地停住，他抬头看
着她问道："你说什么？怎么了？这是和律师商议
好的结果吗？你什么都不打算做吗？为什么？你真
的已经决定好了吗？是不是发生了什么我不知道的

事情？林博士，如果你知道了什么，请一定要告诉我。"

"什么都不做确实是一种选择，甚至有时比采取某些措施难得多。"她咽下这句话，毕竟她不是出于这层原因才做出这样的决定。这不是她做出的选择，而是接近缓刑的决定。

她一边用湿巾擦着桌上的水汽，一边回答道："我还需要一点时间，最近实在太忙了，完全没有余力考虑这些。我还得去救助流浪猫呢！"

两人难掩尴尬与不解的神色。她与他们道别后，径直走向停车场，坐进驾驶座，系好安全带，发动汽车。是时候回去了，她使劲抓住那颗总想回头的心，努力回归自己的世界。

*

在她心里，那片种有银杏树的空地渐渐成了教堂一样的地方。

每次在那里等待芜菁，缓慢流淌的时间让她的心情趋于平静。她不知道那份静谧与恬适源自哪里，只知道自己待在空地的时间越来越长。有时夜幕降临，四周陷入昏暗，她依旧留在那里，偶尔甚至会忘记自己来这里的目的——等待芜菁。

抬头便能看到银杏树，那抹葱翠总是抢夺她的视线。偶尔，她会把手边扁平的石子一块块堆起来，将散落的树枝搭成塔。她喜欢用手指一下子推倒自己堆起来的东西。

无论什么东西，搭建起来都很难，拆毁却很容易。

她正在学习一些可以称之为"人生教训"的东西。这些教训无处不在，只要稍微抬脚，就能踩到。这有点出乎她的意料。

芜菁偶尔露面。在全身戒备的状态下充饥解渴后，芜菁会向她靠近，发出轻微的哼声。上午见到的芜菁是慵懒的，下午则是疲惫的，晚上又恢复了一些元气，至于凌晨的状态，完全无法猜测。它在哪儿、如何度过夜晚，她对此一无所知。

她依然认为芜菁能够准确地认出她。芜菁以间接的方式谨慎地展示出明确的情感。这种情感是她在愿意主动亲近她的小黑身上从未感受到的。

正午时分，当她弯下腰时，芜菁与她对视，然后慢慢靠近，用鼻子轻轻触碰她的指尖。这是猫的问候，一种优雅又矜持的方式。芜菁通过微弱的声音向她示好，慢慢绕着她的脚转圈。心情好的时候，它会把鼻子贴在她的鞋上闻气味。

面对这样的芜菁，她并没有变得轻松，反而越发感到不安，不仅仅是因为芜菁一瘸一拐的步伐、干枯缠结的毛发、挂着口水的嘴角、时不时因痛苦而合上的双眼。

她不清楚自己对芜菁产生的情感是什么。她无法分辨那是同情，还是折磨着自己的自我怜悯，抑或是人类在其他生物面前肤浅的优越感。她无法理解自己救助芜菁的行为，有时甚至觉得坚信能拯救芜菁的自己可笑至极。在这片空地上，她面对的其实一直都是她自己。她从未摆脱自己，一刻都没有。

一个下午，她向躺在一旁打盹的芜菁伸出了手，那一刻仿佛被什么吸引了，没有任何犹豫。芜菁的毛没有不打结的，湿漉漉的，摸起来很滑。她刚触到它的后脖颈，芜菁的野性就苏醒了。它反射性地扭动身体，开始反抗。

如果稍有犹豫，这次尝试就会失败，机会不会再来。她一只手紧紧抓住芜菁的脖子，另一只手努力压制瘦小的身体。这不是一个可以用语言清晰描述的瞬间，抓捕、挣扎、坚持、动摇、尖叫、哀求、逼迫，所有可怕的瞬间一一出现。

她拿起放在一旁的衬衫，准备用它包裹住芜菁。她几乎要将那个小生命压在地上，逼迫自己绕过此刻心里突然萌发的放弃。随后，她用一只脚打开铁笼的门，准备将芜菁推进去。就在此时，芜菁爆发出巨大的力量。在它的挣扎下，尘土飞扬，唾液四溅，尖锐的嘶吼声久久回荡。

几乎可以说是奇迹般地，她将芜菁推进了笼子。但地上的爪印和空荡的笼子告诉她，这只是幻觉。在她打开笼门之前，芜菁就已经挣脱了她的控制。拼尽全力逃跑的芜菁将身体向一侧倾斜，几次差点撞到地上，似乎失去了知觉。

"芜菁，芜菁。"

她耗尽了全部力气，勉强直起的身子，没撑多久就瘫在地上。胳膊和手背上布满血痕，她用衬衫包住胳膊，鲜血从薄薄的衬衫上渗出，就又将衬衫绕了好几圈，然后开始收拾东西，匆忙离开了。

"抓到芜菁了吗？哎呀，你的胳膊怎么了？受伤了吗？"

她提着黄色诱捕笼和铁笼回家时，看到这一幕的玛露妈妈吃了一惊。便民奶站的卷帘门紧闭，门前堆满无人签收的包裹。她这才注意到门的一角贴着一张写有"租赁请咨询"的纸。

"我想放弃了。不管怎么努力，我好像都做不到。"

玛露妈妈看着她贴满创可贴的手臂问道："天哪，你是在抓它的过程中受的伤吗？是吗？"玛露妈妈似乎在抑制责备的冲动，或许早就预料到了今天的结果。

"即使抓到它，我也无法对它负责到底。我没有养过动物，也不想结束治疗后将它放回街头。我想这不是我能做到的事，抱歉。"

她低头看着两个笼子，然后递给玛露妈妈一个小购物袋，那是她在附近面包店买的一盒曲奇。她向玛露妈妈道谢，并表示自己已经把笼子清洗干净了。

"如果你已经做出决定，我也无法改变。伤口消过毒了吗？还是去医院看看吧。可能需要打疫苗，以防万一，请务必去医院。"

玛露妈妈欲言又止，默默地提起两个笼子和购物袋转身离开。马路那边传来警笛声，声音靠近又远离。她一动不动地站在那里，看着玛露妈妈趿拉着拖鞋远去的背影。

李汉星代表：

　　代表，您好。

　　好久没有联系了。

　　这次主要是想拜托您一件事。我接待过的一位咨询者，朱汉娜女士，二十多岁，是周期性抑郁症患者。我与汉娜进行了超过一年的咨询，她表现出非常强烈的自愈意愿。虽然我不能透露具体的咨询内容，但我希望您能推荐几位能够帮助她的咨询师。她对我们中心非常信任，我认为我们应该给予最真诚的服务和关怀。

　　其实我还有一个请求。

　　在决定我去留的会议上，赵敏英对我提出了几个问题。那些问题并不适合在那个场合下讨论，尤其是那些质疑我作为心理咨询师的工作方式和态度的问题，想必您很清楚，我从未像她所说的那样对待这份工作。即使她的说法属实，我也认为那些问题不应该在那个场合被提出。

当天的会议非常正式，我想知道中心是否提前在内部讨论过相关事项。赵敏英的发言究竟是事先准备好的，还是个人行为？我希望了解她的发言对我的去留产生了多大的影响。

我在会后接到了辞退通知，这个决定是如何做出的，我并不清楚。作为当事人，我认为我有权了解整个过程。如果没有充分的理由，我很难接受这个结果。

这绝不是无理的要求，我也没有其他目的。我只是

她放下笔，读起信来。为了能将信写完，她修改了几个词——"在内部"改为"秘密地"，又在一处加了一个"秘密地"，试着把"准备"一词换成"谋划""勾结""共谋"之类词。随着这些修改，

信中开始流露出成年人的情绪，那些她很少表露的情绪。

又是一封无法寄出的信。

*

芜菁的反击在她的手臂上留下密且深的伤口。第二天上午，她去医院，注射疫苗，手背缝了三针。整个手臂青一块紫一块，又疼又肿。医生叮嘱她每两天换一次药，伤口不能沾水。

在候诊区等待时，一名护士问她："需要为您预约下一次诊疗吗？不预约的话可能会等很久。"

"那请给我安排在人不多的时候吧。"

"两天后，星期四，我给您约在上午十点。"

医院位于二楼，没有电梯，破旧到让她觉得没什么人会来这里看病。没想到病人竟然这么多，完全超出了她的预期。她走出医院，快步穿过走廊。正要下楼时，一个双手扶着栏杆的老奶奶叫住了她："哎呀，这里怎么每天都这么多人！来一趟就得耗上两个小时。世界上最不缺的就是生病的人了，所以医院永远不会没有生意。而且人生病可不会看经济好不好。"

她没有说话，老奶奶继续说道："不过这边的医生还算良心，实力也不错，要不然大家为什么都跑来这里呢？膝盖疼得要死还得爬楼梯。你别太担心，只要不是什么大病，这儿都能给你治好。"

她点了点头，礼貌地打了个招呼，然后离开了。她担心的事在一周后发生了。当时她坐在候诊区，等待换药、拆线。

"咦？竟然会在这里遇见你！你还记得我吗？"

有人对她说话，一个坐在电视前的男人。他的位置与坐在出入口方向的她相对，两人之间隔着一个椭圆形茶几。

见她没有任何反应，男人继续说道："你不是住在后面那个砖瓦房里的心理咨询师吗？我没认错吧？"

为了与她交谈，男人站起来，向她走近。坐在沙发上的人不得不挪动身体，为他腾出空间。他会是什么人呢？朋友？敌人？看热闹的人？其他人的注意力重新回到电视上。

她心跳加速，血液涌向脸部，放下手中的杂志，挺直了脊背。

"好久没见了，我还以为你搬走了，没想到还住在这里呢。你来医院有什么事吗？手受伤了吗？哎呀，怎么伤得这么重！"

"没事的，已经快好了。"

她小心翼翼地应对，确保自己的动作既不夸张也不拘谨，确保自己的表情既不带敌意也不刻意讨好。男人与她说个不停，习惯性地张握拳头，手掌又大又厚，粗短圆润的指甲周围沾满黑色油污。看到男人少一个指节的小拇指时，她才记起了他是谁。

几年前的冬天，男人曾去过她家，红色摩托车装着各种装备和零件。他仔细观察房子的内外结构后，用漏水探测仪一下子就找到了水管冻裂的位置。之后在院子一角猛挖冻住的土，挖得大汗淋漓。从挖土、更换计量表、埋设新水管到抹上水泥收尾，整套流程只用了几个小时。

"对了，正好也想着如果见到你，一定要和你说这句话。虽然可能有点越界了，但我还是想告诉你，听说你要起诉那些骂你的网友，是昨天还是今天，我在网上看到新闻了。"

他在说她不久前和秀珍、胜表聊的事吗？还是其他人的故事？那件事现在还能引起人们的关注吗？将那个男人推向死亡的言论数也数不清，而她是为数不多的被曝光真实身份的人。

"是的，请问有什么问题吗？"她回答道。通过以上的对话，她还无法分清对方是敌是友。

男人马上说道："我能理解你的心情，又不是一两天，天天如此，谁不会变得千疮百孔呢？但毕竟人家已经死了，起诉网友对你有什么好处？只会让自己被贴上没有良心的标签。不认识你的人什么话都说得出来，这种时候还是老实待着最安全。在事情被遗忘之前，你只需要趴在那里，假装自己已经死了，静静等着。除此以外没有任何好办法。"

眼前的这个男人觉得自己有多了解这件事。他似乎还认为自己的想法和别人的不一样。

"你不需要为我的话感到生气，我们是邻居。如果不认识你，我也不会和你说这些。我没必要没事找事。"

男人压低的声音似乎引起了人们的好奇，他们的目光谨慎地投向她。她盯着摊在茶几上的杂志，反复挑选要说的话。每时每刻，她都被一种不知道怎么开口的感觉困住，她需要一种新的语言。

她感觉自己被困住了。在话语中，意义和语境被无限延展、扭曲、折叠。她被禁锢在不仅仅指向一种意义的母语中。如果能拥有另一种语言，她或许能通过精心选择的词语、陌生的排列方式，发出反驳的声音。

她走神的时候，男人依然没有闭上嘴，坐在另一边的老妇人提醒道："喂，大叔，能不能安静点？这里都是身体不舒服的人，大家都比较敏感，请不要这么吵。"

老妇人与她短暂对视。

"我很吵吗？我已经很小声了，哪里打扰到你了？你以为别人都像你一样假装什么都不知道嘛。你住在哪个街区？我和她是邻居，遇到困难当然要互相帮助了。只知道在旁边看热闹什么都不说，那样对谁都不好。"

"对别人的事指手画脚算什么帮助？只是在显示自己的优越感罢了。"

"你说什么？优越感？我说那些话难道是为了自己？你说话可真随意啊。"

"随意？随意评价别人的人到底是谁？大家都

在安静地等待，到底是谁在那边说个不停？"

"你说什么？"

男人的声音越来越高，老妇人也毫不退让，又有几个人加入其中，争吵变得具体而正式。这不是她想看到的。错误与宽恕，反省与自杀，正义与怀疑，受害与无罪……这类词从人们的嘴巴里飞溅而出，后面紧紧跟着已经离世的著名政治家和明星的名字。

她看向诊疗室的方向，希望护士拉开门，叫自己的名字，但轮到她还需要很久。

她像等待判决的被告，保持沉默，背部微微拱起，低着头，竭力压制翻涌的话语和沸腾的情绪，等待着无法预测、不值得期待、从四面八方袭来的狂风暴雨般的舆论审判。

她用力按压缝合的指尖，一阵刺痛直穿心底。她加大力度，试图用纯粹直接的疼痛来转移注意力，仿佛在告诉自己，不要被那些穿透内心的话语所左右。

"那我们来问问本人，没必要在这里争个不停，直接问她就行了。"

终于有人打断对话，视线转向了她。

他们是在给她辩解的机会吗？还是想看看她会说些什么？她突然好想不再隐藏真实的自己，用紧张的神色和颤抖的声音，倾倒一些谁听了都知道是情绪崩溃时才会说出的话。既然他们已经随心所欲地评论了那么久，那她便满足他们，给他们看想看的，让他们听想听的。

但她忍住了。

用道德和正义之类的词语将自己的阴暗面藏在黑暗之中，同时津津有味地翻看别人暴露在外的邪恶，这件事能给人类带去多大的乐趣？至少在这个问题面前，她很清楚自己并不是自由的。她还没有失去理智，说出那些会像回旋镖一样飞速转向自己的话。

"林海秀，请林海秀进来接受治疗！"

诊疗室的门终于打开了，护士叫了她的名字。她像接受宣判的犯人一样迅速站起来，向诊疗室走去。

*

几天后的傍晚，可视门铃突然响起。

画面里一片漆黑，大门的廊灯已经坏了很久。那时，她还因为这件事和泰柱大吵了一架。泰柱只想换灯泡，而她想换新的廊灯。她一直不喜欢那昏黄的光，计划换一个自动感应灯。

她这才意识到自己早就忘了这件事。自那件事发生后，她没有接待过一名访客。

"哪位？"

屏幕传来细细的声音："阿姨，阿姨，是我，世伊。"

她打开门时，世伊站在那里，腋下夹着一个球，满是汗水的脸庞在灯光下闪着细碎的光。

"我本来想发短信，但是手机掉进马桶，坏了。阿姨，不打算继续救芜菁了吗？"

飘来一阵调料的香气，她低头看了看孩子那几乎拖到地上的背包。

"嗯，我放弃了。对不起，没能及时告诉你。"

"为什么？为什么要放弃？"

"感觉那不是我能做到的事情。而且芜菁好像也不想要别人的帮助。"

"我听说你的手受伤了，玛露阿姨说的，现在好点了吗？"

"一点小伤，不要担心，已经好得差不多了。"

她挥了挥受伤的手，女孩没有看她，像是有话要说，晃动着身体，环视四周。

"你最近看到芜菁了吗？"

"嗯，我来找你也是因为去了那里后没有发现笼子。最近基本上每天都能看到芜菁，我昨天给它喂了一根猫条，但它没怎么吃，可能是嘴巴疼得厉害吧。"

世伊用一只脚稳住重心，俯身脱下另一只脚的鞋子，"啪啪"地拍打着鞋底。耳边传来石子和沙粒掉落的声音。她不想再继续这个话题，也没有勇气向世伊解释为什么救助芜菁的决心瞬间消失了。

她试着转移话题。

"最近也忙着训练躲避球吗？"

"嗯，最近几乎每天都要训练。"

她的问题好像触动了女孩的某个部分。世伊没有表情的脸开始发生变化，似乎随时会哭出来。

"你直接从学校过来的？晚饭吃了没有？父母

知道吗？要不要进来坐坐？"

女孩没有丝毫犹豫，也没有回答，跟着她走了进来。

她感到疲惫，浑身无力，手背上的伤口还在隐隐作痛，眼睛因长时间的睡眠不足而刺痛。她打开冰箱，想为女孩找点东西吃。身后传来卫生间关门的声音，接着是水流声。冰箱塞满了过期的食物，果蔬仓里的蔬菜和水果已经变软，其他格子里也不见什么能吃的，只有些未拆封的方便食品、五颜六色的酱料瓶、各种不知成分和效果的营养补充剂。她的生活充满不知饥饿为何物的日子。

最终，她找到了两个西红柿、三个鸡蛋和几片奶酪。"咔嚓"，卫生间门开了，她急忙把手里的东西塞回冰箱。

"世伊，你爱吃什么？我们要不点外卖吧，正好阿姨也还没吃晚饭呢。但是你可能要先联系一下父母噢。"她大声说道。

世伊也提高音量："好，待会儿再联系也没关系的！"

比萨很快就到了。两人坐在沙发上，吃着普通的比萨。热腾腾的面饼散发出诱人的香气。她看看身旁狼吞虎咽的女孩，放下手中只吃了几口的比萨。

被阳光晒得黝黑的世伊好像瘦了些，但整个人看起来比之前更健康了。她打开电视，调低音量，镜头拉近，给击掌欢呼的人们一个特写。

"阿姨，我以前吃过这个比萨，和妈妈一起去商场的时候，味道一模一样！"

"是吗？早知道点其他的了。"

世伊脸上的紧张慢慢消散，一边把黏在嘴边的奶酪塞进嘴里，一边说道："没事啦，那都是很久以前了，我那时候还很小。早就不和妈妈一起生活了，一个月只能见一次。可是，上个月和上上个月都没有见到，她说太忙了，反正每次都重复这些话。"

"是吗？"她夹起一块酸黄瓜，放入嘴里。她既不感到惊讶，也不打算多问。是否该庆幸自己已足够坚强，能够面对越来越突然的坦白？女孩的秘密没有让对方感到惊讶，女孩会感到困惑还是有一丝宽慰？

她的冷静似乎打开了女孩的话匣。女孩说的每一个字都在她心中激起层层涟漪。

"我到现在都没有去过妈妈的新家。上次都约好了，结果又说不行。我甚至连她住在哪儿都不知道。如果知道地址，我还能用全景地图看看长什么样。阿姨，你知道什么是全景地图吗？它……"

她一边换台，一边点了点头。画面快速切换，好像没什么女孩会喜欢的节目，最后停留在成群大象穿越沙漠的画面上，她调高音量。

"可能你妈妈最近有什么事吧，再给她一点时间。"她只能如此回答。正当她准备再为女孩分一块比萨时，女孩阻止了她："我自己来。"

为了避免震落比萨上的配料，世伊利索地将比萨移到自己的碟子里，然后专心地吃起来。女孩时不时抬头看她，面露关心的神色。世伊以一种奇怪却温柔的方式安慰着她。

"阿姨以前和一个叔叔住在这里，前不久我们分开了。比起一起生活，有些人分开，反而比较好。"她说道。

世伊立即追问："为什么呢？"

"在一起会给对方带去伤害，对彼此来说都太残忍了。"

"可是阿姨，分开真的更好吗？"

女孩夹起一块彩椒放入嘴里。那一刻，世伊不再是尚不懂事的孩子，而是一个历经沧桑、能轻易看透人心的老人。她在心里沉吟着"好"这个词所包含的意思：简单、舒适、轻松、安逸、平静、和睦……都是她与泰柱分开时在脑海里浮现出的想法，是她当时不得不依赖的价值。但她并没有与女孩提及这些词语背后如影随形的反义词：卑鄙，放弃，孤独，寂寞，崩溃。

"再过一段时间，也许就能获得确定的答案。"

"其实也并没有那么好啦！"女孩一脸"我就知道"的样子。

应该如何定义这种对话？毫无障碍的交流，她已经很久没有体验过，甚至以后也不会再有。她们的对话畅通无阻，话题不停向前推进，温柔地转变方向，在彼此心中自由游走。话语轻易地打开了紧锁的心门，走进彼此内心深处，在其中寻找内容。

直截了当的话，没有任何修饰，没有意图和目的。那些从未走出心门的话，未曾被赋予任何颜色或形状，只是蜷缩在那里。

"阿姨，今天训练的时候，我真的好想回家。他们总说我被球击中了，但真的没有。素丽一直说球碰到了我的头发。对了，她叫刘素丽，和我同班，大家都很喜欢她，所以他们只信她的话，根本不听我说的话。"

"你今天不太开心吧。是素丽看错了吗？"

"不！上次也是这样，上上次也一样！"

"素丽是故意的吗？是这样吗？"

女孩咬着圆形意大利香肠块，抬头看着她。她给女孩的杯子里倒了点可乐，暗示如果女孩不想说，可以不回答。因为她已经知道答案了。

"阿姨，你可以只听我说，什么都不要问吗？"女孩问她。

"当然可以，你说吧！"

对话的范围越来越大，也越来越深，推开疑心与恐惧，扩大半径。她感觉女孩的心里亮起了一盏灯，她与女孩借着这盏灯开始观察彼此的内心。世伊的内心与她的内心有多少相似之处？世伊的世界与她的世界有多少不同？她有时会短暂忘记正在与自己交谈的对象是一个大约十岁的孩子。

"阿姨，芜菁……我们可以试着再抓一次吗？"走出家门时，世伊问道。雨滴似乎也在倾听她们的对话，她拿起两把雨伞，将其中一把递给女孩。

"我可以养它，只要和爸爸说一声就行了。虽然他之前反对过，但只要看到芜菁，他就会改变主意。"

"真的吗？"

"嗯！芜菁很可爱、很漂亮！"

女孩抬头看她，雨伞自然歪向一边。

"好，我再考虑一下。"

她伸手扶正歪斜的雨伞。

*

一周后的周四。

她承诺再试一次，连续四天来到空地。她又从玛露妈妈那里借来了两个笼子，将它们放在路口，然后坐在远处等待。女孩训练结束后会直接来这里。

有时女孩气喘吁吁地跑过来，有时悄悄地靠近，吓她一跳，偶尔还会带来一些的糖果。

天气越来越热，午后的暑气久久未散。等待的时间安静地流逝，偶尔被充满活力和愉悦的时刻打破。女孩有时会练习躲避球，她时而在一旁看着，时而与女孩传球，时而按照女孩的指示使劲扔球。

今天女孩带来一个比排球小一点的球，橙色的球表面凹凸不平、松软又富有弹性。

"阿姨，扔这个给我！就站在那儿，一定要对准我噢！"

"扔这个球吗？"她问。

"用小一点的球练习能提高躲避能力。快点啦！"

她按照女孩的要求，用力将球扔去，又接住女孩扔回的球。她四处移动捡没有接住的球，很快出了一身汗。若有人看到这一幕，会说些什么？或许会说她冷血无情，是恬不知耻的混蛋，害死了人还心安理得地享受生活。

然而，那一刻只是当下，不是过去任何事情的结果、原因或理由。当下是无法用因果关系解释的时刻。生命中的所有瞬间都不一定遵循固定的因果线，就像她不能仅凭一张面孔去生活。

也许这便是她在陪女孩练球时所领悟到的东西，也可能是女孩在不知不觉间教给她的。

芜菁有时会在傍晚时分出现，有时在她们收拾好笼子准备离开时突然现身，无论何时都有小黑陪伴着。只要它们出现，女孩和她便会立刻停下手头的事，开始观察它们。

夕阳亲吻地平线时，远处出现了芜菁的身影。两人停下了练习。"练习"这个词并不合适，因为她突然意识到，对女孩来说，这更像是为了生存而拼尽全力。

"阿姨，看到芜菁的嘴了吗？我在网上搜过，好像是口炎，据说是小猫们很容易得的一种病。说不定芜菁所有的牙都要拔掉。"

芜菁看着原地弹球的世伊，向装有猫粮的碗走去。小黑站在吃东西的芜菁身后，静静地等待。银杏树上几只喜鹊同时发出尖锐的叫声。

没有期限的等待，未曾成功的尝试。

她再次意识到自己跳入了无望的事情中。女孩和她所做的事情似乎与救助这只可怜的流浪猫无关。

然而，谁能想到两天后竟然成功了。临近傍晚，在她暂时离开空地的时候，世伊抓住了芜菁。当她从附近的便利店借用完厕所，买了两瓶冰镇饮料回来时，世伊兴奋地向她跑来，食指贴在嘴唇上，示意她不要出声，冲她挥了挥另一只手。

"阿姨，别吓到噢!"女孩压低声音，脸上露出无法隐藏的兴奋。

"怎么了? 出什么事了?"

女孩指了指银杏树下的铁笼，笼子上盖着一条大毛毯。

"阿姨，我抓到芜菁了! 我成功了!"世伊在她耳边说道。

"真的? 真的吗?"

她走过去，小心翼翼地掀开毯子。芜菁缩在里面，耳朵紧紧贴着脑袋，眼睛睁得圆圆的，露出尖牙。正如女孩所说，芜菁的嘴巴惨不忍睹。红肿发胀的牙龈导致嘴巴无法闭合，顺着嘴角流下的口水浸湿了胸前的毛发，原本黄白相间的毛发看起来接近灰色，毫无光泽。即便这个时候，小黑依然在旁边，伸着爪子逗芜菁，柔嫩的粉色肉垫时而露出。

"你是怎么做到的? 没有受伤吧。"

"完全没有受伤! 我只是把小黑塞进铁笼，然后芜菁也想进去，趁它的身体进去一点的时候，我用毯子推了一下。我做得对吧?"女孩的声音充满自豪，似乎还有点得意。

"阿姨，吓到了吧，很震惊吧，真的想不到。"

"是的，你真了不起，太棒了！"她对女孩说。

*

　　动物医院通体都是落地窗，从外面可以清晰地看到内部。她和世伊提着铁笼走进医院时，大厅里一片慌乱，几只宠物狗正四处奔跑，人们急忙伸手去抱住它们。

　　"两位是第一次来我们医院吗？"接待台的护士招呼她们。她点了点头，护士问了几个问题，最后询问了两只猫的名字和情况。

　　"芫菁！芫菁和小黑。黄色那只是芫菁，黑色那只是小黑。生病的是芫菁，它的嘴巴好像很严重。"世伊抢先回答道。

　　护士走出接待台，扫了一眼笼子，然后露出嗔怪的表情，似乎在表达对接待一个不太好治疗的患者的不悦。护士走形式般地问了几个问题，然后留下一句"请稍等片刻"便消失了。

　　她和女孩放下裹着毛毯的铁笼，等待着护士。

两人被尴尬而令人不安的沉默包围。其他人的目光小心翼翼地在她、女孩和铁笼之间游移。突然，一只小狗走近铁笼，嗅着笼子。一个人迅速跑过来抱走了小狗。小狗拼命挣扎，想要逃离主人的怀抱，发出呜咽的叫声。它的叫声引发了另一只狗的响应，突然间整个大厅充满了狗叫声。

"它们是流浪猫吗？"许久之后，终于有个医生出现在接待台后面。

"是的。"

医生走近铁笼，掀起毯子，简短地观察了一下，表情冷漠，行为举止展现出最基本的礼貌，抬起头对她们说："我们这里可能无法治疗，口炎太严重了，需要去专业的猫医院。"

"还有专门给猫看病的医院吗？"

"有的，我们医院主要服务狗。"

"请问附近有吗？"

"我不太清楚。"微妙的拒绝。

她和世伊提着笼子走出医院。女孩没有说话，只是抬头看她，眼里满是不安。

"没什么问题的家伙他们都会接待，真正生病的却看都不看。真的很烦人，真是倒霉。一群废物，废物！"找到愿意治疗芜菁的医院后，世伊松了一口气，嘟囔起来。当她和女孩的目光相遇时，女孩躲开了。那瞬间涌现的情感是沮丧，还是害怕？

"芜菁不会有事的，不用担心。"她安抚着女孩，假装没有看到女孩双眼中即将滑落的泪水。

她们勉强赶上了就诊时间。雅致的大厅人满为患，却又安静得令人难以相信。散坐在大厅各处的人们对她们没有一丝兴趣。人们的表情严肃而认真，是因为生与死、失去与离别这些平时只存在于想象中的词语，在此地变得如此真实、具象吗？严肃的氛围让她紧张起来，她不自觉地挺直身体，端正姿势。

"芜菁的监护人可以进来了。"

终于轮到她和女孩了，两人提着笼子走进诊疗室。

"让我来瞧一瞧。"

戴着厚重眼镜的医生将笼子放在桌子上，轻轻掀起毯子。瑟缩着的芜菁和有些害怕的小黑紧紧贴在笼子一侧。狭长的笼子无疑有些拥挤，但它们似乎并没有感到不适，也许是因为它们还很小……等等，小黑什么时候比芜菁大那么多了。

医生戴上手套，打开笼子的门，将手伸了进去。

动作如行云流水，没有一点犹豫。她急忙将头转了过去，眼睛仍不自觉地瞄向笼子。好在她担心的事没有发生，芫菁和小黑没有作出任何反抗。

"让我来看一看，就先从它开始吧！"医生嘀咕着，熟练地将小黑从笼子里抓出来。出了笼子的小黑伸展身体，用脸颊蹭着医生的手。

"这小家伙真亲人！你先在这里等一下噢！问题是这家伙，它是芫菁吗？芫菁，让我看一看吧！没事的，来，让我来看看！哎唷，一定很痛吧。"

芫菁总是不自觉地闭上眼睛，几乎处于虚脱状态。它与涌上心头的恐惧搏斗，早已精疲力竭，连露出尖牙威胁对方的力气都没有了。

"它平时吃饭怎么样？情况这么差，应该很难进食。"医生抬头问道。

"芫菁很爱吃猫条，但有段时间不怎么吃了，稍微吃点猫粮。现在什么都吃不下去，吃了也会吐出来，头还会像这样不停地晃，就像疾病发作了一样。"女孩看着医生，晃动脑袋模仿芫菁。

"应该是嘴巴太痛了。这只前爪好像也受伤了，你知道是什么时候受的伤吗？"

"最开始也没这么严重，我记得是冬天。"

"去年冬天？还能想起来具体是什么时候吗？"

"嗯，好像是圣诞节前后。不对，就是圣诞节那天。"

医生仔细检查芜菁的身体。顺着医生的手，原本隐藏的伤口一一显露出来，耳后化脓的地方肿得快要爆炸，被压扁的前爪上的毛乱糟糟地缠在一起，鼻梁上也有几道细长的划痕。

"能看出它是怎么受伤的吗？"她的语气中满是关切和疑惑。

"可能是在与其他猫争夺领地时受伤的，也可能是人类所为。这只前爪的伤看起来像是被绳子套住，然后用力压……唉，不是什么稀奇的事，只要能赶走它们，讨厌猫的人什么事都做得出来！可怜的小家伙！"

医生刚说完，女孩气愤地说道："为什么？为什么讨厌它们？它们明明什么都没做啊。"

医生注视着芜菁，低声说道："确实如此，但讨厌不需要任何理由。它以这种状态活到现在已经是奇迹了。"

听到医生的话，女孩的表情瞬间黯淡下来。

小黑不停地探头看笼子里的芜菁，将爪子轻轻搭在笼子上，发出低沉的叫声，似乎在安抚芜菁，而芜菁没有任何反应。它们知道发生了什么吗？知道自己为什么会来这里吗？小黑站在办公桌上，眼珠不停地转动，对鼠标、圆珠笔和听诊器表现出兴趣。世伊伸出手，小黑马上跑来，亲昵地用脸颊蹭了蹭，仿佛只要女孩张开双臂，它便会毫不犹疑地跳进女孩的怀抱。

"首先需要进行详细的检查，那之后才能确定怎么治疗，但基本可以判断口腔内的炎症相当严重。然而，要立即进行手术可能有些困难，因为它非常虚弱，强行进行手术，身体可能撑不住，还有可能导致其他问题。"

医生的手向芜菁的脸靠近，熟练地扒开它的嘴，血迹斑斑的牙龈出现在他们眼前。芜菁没有反抗，似乎已经接受了眼前一切，缓慢地闭上双眼。

"医生，那芜菁不能做手术吗？"世伊一脸担心。

是不是应该让女孩在诊疗室外面等呢？她不知道，只能等待医生的下一句话。

"得等它体力恢复了，根据情况决定下一步。

这两只猫平常都是你在照顾吗？照顾得很不错噢！等做完手术，你是打算和妈妈把它们领回家吗？"

"这个阿姨不是妈妈，她是朋友。我确实打算带它回家。只要做了手术，芜菁就能好起来吗？"

女孩的声音微微颤抖，她勉强抑制住想要抱住女孩的冲动。她知道一旦这样做了，女孩肯定会哭出声来，而芜菁也许会因哭声变得更加不安和恐惧。她对自己有这种想法感到惊讶。她从未像现在这样敏锐地察觉动物的情感，这种变化让她感到陌生。

"住院观察一下，看看情况。如果您打算带小黑回家，我们会先进行基础检查。如果决定暂时放在这里，我们会在稍后进行检查并告知结果。"出诊疗室前，医生又说道。

"小黑也先放在您这里吧，我觉得这样比较好。"

*

卢恩雅：

　　您好。

　　我叫林海秀。

　　我之前曾通过崔京镇律师和您联系过几次，不知您是否还记得。隔了这么久又冒昧联系您，希望不会打扰到您。

　　我的请求可能有些无礼，但我想和您见一面。

　　我犹豫了很久，最终还是觉得应该当面和您聊一聊。选择用这种方式联系您，经过了深思熟虑。到目前为止，您或许会对我的意图有所怀疑，这是完全可以理解的。但请您相信，我没有其他意思，也没有任何目的。

　　只是有些话，我想亲口对您说。我知道您很忙，但希望您能抽出一点时间。

　　坦白说，那件事刚发生的时候，通过律师

深夜，她打开了一部电影。

电影的第一个场景是这样的：一个看起来已到中年的女人正在往面包车上搬行李。车里没有一件类似于冰箱、餐桌、床等需要多人合力才能搬运的大件，全是差不多大小的纸箱。质朴的乡村房屋、被积雪覆盖的田野时不时出现在画面中。那里正值严冬，整个世界都被严寒侵占。女人忙碌地搬着箱子，嘴里不时吐出一道白气，毛帽下露出被冻得通红的耳垂。

"现在就要离开吗？"

某处传来踩雪的声音，一个男人走近女人。他看起来比女人年长一些。女人低头看着放在地上的箱子，风吹得她的头发在空中飘动，远处传来狗叫声。男人没有说话，只是默默地帮女人搬运。最后一个箱子又大又重，需要两个人才能搬动。

"决定好去哪里了吗？"

"当然。"

放好箱子后，女人转身面向男人，两人面无表情地注视着彼此的眼睛，然后握手告别。一次清淡的道别。面包车启动，女人离开了，男人独自留在原地。

画面切换。

人们围坐在篝火旁，车辆停在远处。他们没有家，在车上生活，车里装着最基本的生活用品，需要钱时便打零工，每天晚上寻找可以过夜的安全又安静的车位，在公共厕所洗漱，在投币洗衣房清洗衣物。他们会跟初次见面的陌生人开玩笑，自然地说出自己的故事，以此来抵挡孤独。

镜头拉近，特写人们凝视着篝火的表情。柴火燃烧的声音、谈话声、风声、鸟鸣、低沉的哼唱声交织在一起，而女人沉默地坐在一旁，似乎陷入了沉思。那是摄像机无法进入的一个人的内心，无法抵达的他人的时间。

女人的双眼注视着燃烧的火焰。她在看什么？那位中年演员努力接近的女主角的真实面容是什么样子？也许那位演员正在凝视着自己。漫长的人生中，她是否在某一瞬间找到了女主角此时此刻所追寻的情感？

她或许不只是在看一部电影。她从女主角、饰演女主角的中年演员身上看到了什么？她究竟在寻找什么？

"很冷吧，要喝杯热茶吗？我给你倒吧！"

一个高挑消瘦的男人为大家提供热茶。女主角也用自己的不锈钢杯接了一杯。镜头缓缓后拉，捕捉到女人的背影，坐在露营椅上的女人逐渐变小，最终消失在镜头中。

还有这样的场景：女主角戴着一顶过小的卫生帽忙碌着。由白色瓷砖和光亮的不锈钢灶具组成的厨房异常干净，但也冰冷刺骨。人们静悄悄地迅速移动。闹钟响起，一人从大型烤箱里取出食物，另一人则在烟雾腾腾的烤架前专注地烤肉。女主角站在巨大的洗碗池前，洗着接连不断涌进来的脏碗筷，双手在不断上涌的泡沫中飞舞。

休息时，女主角站在巨大的厨余垃圾桶前和其他人一起抽烟。

"不觉得很可笑吗？我做梦都没想到这样一家餐厅的厨房竟然这么大。储藏室竟然能放下那么多食材。如果战争爆发，我们就聚在这里，在死之前把肉吃个够！"

有人应和道："我以前不知道人类每天晚上要吃这么多肉，真是奇观。我居然也是其中一个。"自嘲式的玩笑中时不时响起几声苦涩又疲惫的笑声。女主角用力吸了一口烟，烟蒂闪烁着炙红的光。

"我也来分享一件刚发现的事吧！在洗完碗后，一支烟竟然如此舒爽。为什么没人教如此美好的事。"

女主角知道如何说出这些话。但她无法借此了解这个女人是什么样的人，曾经过着怎样的生活，从哪里开始生活发生变化，又是如何接受并融入完全不同的生活。一切都扑朔迷离。但显然，这部电影并不打算探究这些，想讲述的并非女人的过去。

场景切换，女人正在开车。

一条蜿蜒曲折的四车道公路从女主角的眼前延展，直到镜头的尽头。女人的车就像滑行一样向前移动，所有的风景都被积雪覆盖，白色吞噬了所有其他颜色。

车停下的地方是看不见尽头的原野。

熄火后，女人将驾驶座的椅子调平，闭上眼睛，似乎想要休息一下。天色渐晚，周围越来越暗。过了好一会儿，女人从车后座拿出一个小手提灯，蹲在车后面撒了一泡尿，之后开始缓慢地走动。

在手提灯微弱的光下，骤然亮起又迅速变暗的前方一片空旷，没有任何植被。在既没有高度也没有宽度的黑暗之中，女人步履坚定，仿佛寻找某样东西，或者朝着明确的目的地前行。她的步伐中没有一丝犹豫与迟疑，最终她停在黑暗中央，眺望前方。

镜头固定在女人的背后，刻意避开了她的脸，几乎静止的背影是摄影机执着追随的唯一目标。突然间，包裹着女人的一切从画面中奔涌而出，扑向镜头外的世界。风、温度、声音和气味交织而来，将她完全淹没。

女人是否在哭泣？

是的，她确信不疑。为什么突然流泪，她不知道。为什么低声呜咽变成大声痛哭，她不知道。这场戏没有叙事，没有煽情的桥段，也没有任何铺垫。她为何最终放开了自己拼命压抑的情绪？

哭泣的人不是坐在沙发前的她。她没有哭，哭的是画面中的女人，一个她从未见过，也永远无法遇见的角色。

镜头一转，场景切换。

*

卢恩雅：

　　您好。

　　我叫林海秀。

　　之前，我曾通过崔京镇律师联系过您，不知道您是否还记得。崔律师把您最后和他说的话转达给了我，说您不想再和这件事有任何关联。

　　即便如此，我还是鼓起勇气再次联系您。这或许会让您感到困扰，但我真的很想和您见面聊一聊。

　　我知道这件事已经过去很久了。您怀疑我可能抱有不纯的意图，我完全可以理解。但请您相信，我真的没有其他目的，否则也不会通过律师联系您了。

　　希望您能抽出一点时间和我见面。

　　请将您方便的日期和时间告诉我，我会去找您。如果还有什么让您顾虑的地方，她每天都去一次动物医院，有时两次，遇到紧急情况甚至要跑三趟。从家到动物医院步行大约需要三十分钟。刚走了十分钟，她的额头就开始沁出汗来。她总是忘记涂防晒霜，晚上又会因过敏反应而辗转难眠。现在她随身携带一把太阳伞。

　　"芜菁怎么样了？有好转吗？"

　　玛露妈妈偶尔发短信关心芜菁的情况，每次她都回复"在慢慢好转，应该快好了"。这是谎言，芜菁的病情丝毫没有好转的迹象。

　　躺在方形病房里的芜菁似乎比流浪街头时更安逸舒适。灰蒙的毛发正一点点恢复原本金黄的光泽，嘴角不自觉分泌口水的频率降低，各处的伤口也在慢慢愈合。戴着伊丽莎白圈、正在输液的芜菁此刻看起来仿佛沉浸在安详的睡眠中。然而，这只是表象。

　　表象在这里毫无意义，揭示那些无法看见的东西是这里的职责。或许世伊说的没错，医院并非治疗疾病的地方，它能看到常人所看不到的，听到常人所听不到的，最终以庄重的形式宣告所有人都不愿面对的结局。

　　"不好说，它太虚弱了，恢复得很慢，一直在输液，再等等看吧！现在就算做手术也很难达到预期效果，麻醉会给它的身体带去不小的负担。还是等状态好一点，能够承受的时候再说吧。"

她能做的事少之又少，只是探望芜菁，听医生重复它并无好转的消息。每次医生都会宽慰她几句，然后起身离开。

她不知道世伊什么时候来过医院，又待了多久。只有在女孩主动邀约时，她才会与女孩一同前往医院。她不想给女孩太多压力。每次探病结束后，她总会在医院多坐一会儿，以这样的方式等待女孩。

周五下午，她在医院门口遇到了世伊。

"阿姨！"

她回头时，女孩正扶着胸前的挎包跑过来。

"阿姨，我有新手机了！"

女孩从口袋里掏出一部比自己的手还大的智能手机，壁纸是五颜六色的珠子。仔细一看，其实是冰激凌。照片里，女孩对着冰激凌比剪刀手，旁边还有一只涂着杏色指甲油的成年人的手。

"真的吗？可以给我看看吗？看起来很棒噢，太好了！之前那部手机坏掉的时候，你伤心坏了。"

"嗯！这次我一定会非常非常小心，这部手机真的很贵呢！"说完，女孩用T恤擦了擦手机，小心地放回口袋。

两人并肩走进医院。刚推开大门，世伊便呼唤起小黑的名字。曾多次尝试逃跑的小黑，现在已经习惯了医院的生活，能自由自在地在这里走动，与医院养的小狗相处得十分和谐。女孩冲它挥了挥手，它立刻摇着尾巴跑过来，用脑袋蹭了蹭女孩的手。但仅此而已，小黑的注意力很快就转向其他人和动物。小黑似乎很喜欢这个充满新鲜事物的陌生世界。

"阿姨，我以前以为芜菁是男孩，小黑是女孩，你呢？"

芜菁静静地躺在透明的病房里，无论女孩如何挥手，它都没有任何反应。

"是吗？我从没有想过它们的性别。"

"结果男孩是小黑，芜菁才是女孩。太惊人了！而且我以为它们都已经满一周岁了，可医生说它们还不到十个月，我真是非常吃惊。等等，是九个月吗？总之它们都还是小孩子呢。"

听到女孩的话，她的脸上露出笑容。女孩出神地看着芫菁。十岁的女孩与八个月的芫菁，面临的处境真的适配她们的年龄吗？这些孩子是否比她更接近于成年人？

女孩挥舞着手，她注意到孩子掌心有擦伤痕迹，一道殷红。左胳膊肘下隐约可见一道长长的伤痕，手腕处的淤青尤为明显。

"你的手怎么了？受伤了吗？"

"嗯，训练的时候摔倒了。"女孩的表情微微僵硬。

一连串画面在她脑海里闪过：孩子们将世伊逼到墙角，他们嘲笑、威胁、推搡、训斥；他们将世伊围在球场中央，在外围传球，一脸得意地看着世伊。她想象着世伊被脚步声、谈笑声和讥讽声包围时的心情。

她好想告诉世伊，她绝不会放过那些恶意满满的孩子。她要找到他们，训斥他们，从他们口中得到再也不会那样做的保证。她在等待，等女孩主动说出更多，等女孩愿意倾诉的时候。

"阿姨，你知道我为什么要买新手机吗？"走出医院时世伊突然问道，嘴里含着糖果，脸颊一侧微微鼓起。

"不是因为之前的手机掉到马桶里了吗?"

"不是那样。掉进马桶还是可以修好的,但我买了个新的!"

"那阿姨不知道了。"

"躲避球预选赛马上就要开始了,好像是下周,不对,是下下周!妈妈说会来看我的比赛,她给我买了手机,是给我加油的礼物噢!"

"原来是这样啊。"

"阿姨,你没有看到吗?我们学校门口拉了一个超级大的横幅。"

阴沉的天空渐渐放晴,阳光倾洒而下,她将这视作一个好信号。

"是吗?我没有看到。上次不是和你约定了吗?那之后我就没有去过你们学校了。"

女孩笑开了花。

"目标是夺冠吗?"她问道。

"不是噢。"女孩用力咬住嘴唇,抬头看着她,添了一句,"这是秘密。"

天气预报说梅雨季即将到来，但已经爽约几周了。

周一上午，她在餐厅选了一个能看到出入口的位子。天气晴好，透过玻璃可以清晰看到明亮的街道。

这一天是她暗下决心的第一天——忘记上周的失败与过错，重新开始，在心里燃起希望之火。

与泰柱约在这样一个周一上午，他们的关系已不再需要特意挑选周末，在某段时间里放松下来，只做偏向感情的事。倾诉、耳语、给予对方鼓励与安慰，他们早已解除可以做这些事的关系。

餐厅的门被推开，泰柱走了进来。

"什么时候到的？来得挺早。"

"我也才刚到。"

两人用最常规的方式开启对话，装作没有察觉到尴尬的气流。服务员拿着菜单走过来，她主动点了餐。饮料先上，泰柱为她添满玻璃杯。为了不受制于尴尬又别扭的氛围，两人都毫不犹豫地采取行动。

很长一段时间里，他们的对话都围绕房子展开，主要是财产分割的相关事宜。他们对之前达成的协议没有异议，问题在于时机。他们明白现在只能等待，在不越线的情况下，他们都小心翼翼。无端的怀疑、难以抑制的自私、永远追不上无私的同情，为了不让这些情感冒出来，他们的每句话、每个动作都透着过度的谨慎。

食物上桌后，话题转变。

"中心的工作怎么说的？"泰柱问她。

"还没有定论。"

泰柱用吸管搅着饮料，冰块碰撞杯壁，发出清脆的"咯嗒"声。

"你不是说会和李代表聊一下吗？我还以为你已经回去工作了。"

"是中心的决定，我只是收到通知而已。不过我已经向中心提出要求，让我了解做决定的过程。我还要求中心对赵敏英说过的话做出解释。"

她差点飙脏话。赵敏英带来的背叛感猛然涌上心头，她拿起刀将厚三明治一切为二。切好后，她的手并未松开刀柄，刀尖无意中擦过盘面发出刺耳的刮擦声。泰柱看了她一眼，似在提醒她。她没有理会。

"不用太计较，毕竟李代表有自己的立场，你也要为她考虑一下。而且咨询中心又不是只有这一家，没必要一直逼自己，对你没有一点好处。"

"现在还有什么是对我有好处的吗？"

"没有就从现在开始创造呀，这有什么。"

创造什么、怎么创造、创造多少，她把这些问题硬生生咽了下去。她不是为了听这些谁都能说出口的话才坐在这里的，更不想用这次见面来提醒自己这个事不关己、高谈阔论的人曾是自己的配偶。

"你还是现实一点吧。该接受的接受，该忘记的忘记，这样才能重新开始。"

"那你又接受了什么？忘记了什么？重新开始了什么？"她没有说出口。她发现自己无法从字面意思上理解泰柱的话。她现在只想曲解他的话，揪着他的话不放，与他一争高下。

这个男人今天话怎么这么多？

"谁都会遇到一两个难过的关卡，现在的你正处在这样的时期。虽然不容易，但之后肯定会有收获。这不就是你在咨询时常说的吗？"

这句话让她的忍耐达到了极限。她大声质问泰柱为什么非要在那个时候提分手。尽管她没有说得那么直接，但泰柱很快明白了她的意思。

"别提这些无关的事了，这是两码事。"

泰柱用低沉的声音表明自己的态度，与她划清界限。

她不由自主地抬高嗓音：

"不，在你开口的那一刻已经变成同一件事了。如果你真的有为我考虑一点点，就不会这样结束我们的关系。你只是不喜欢别人看着我和你窃窃私语，无法忍受别人的指指点点。到处和别人解释自己那天天把仁义道德放在嘴边的妻子为什么做出这样的事情，你一定很辛苦吧。还要我继续说吗？"

"我们的问题和那件事无关，这是两码事，不是你想的那样。"

"是吗？那你把真正的原因告诉我，别和我说什么自己太累了、太辛苦了之类的。"

"不要再说了，我今天不是来和你吵架的。"

"你就不能诚实一点吗？"

"你让我诚实一点？你要我说什么？"

"你就痛痛快快地说出来，直接承认我说的是事实。你就这么害怕和我说实话吗？事已至此还有什么好怕的?"

对话变得急促起来。泰柱退一步,她随即上前一步。两人之间的距离既没有缩小,也没有拉大。渐渐地,矛盾达到最高潮。两人早已受够彼此的那一面马上就要露出来了,接下来就是毫无顾忌地向对方砸去激愤的情绪与无情的指责。在不知疲倦的攻防中,是否还残留着什么?或许曾经的痕迹早已消失。

攻防中绝不只有怨恨与责怪,还夹杂着近乎哀求与乞求的东西。她对自己感到愤怒。

"你不觉得我们之间需要一次坦诚的对话吗?像今天这样约在周一上午,把自己打扮得跟出来谈生意的人一样,吃着不喜欢的三明治,你不觉得很可笑吗?"

"谁说我不喜欢了?我喜欢三明治。"泰柱面无表情地看着她,补充了一句,"你一直不知道我喜欢什么。"

这句话让她陷入沉默。服务员走过来,为他们添水。两人一言不发地吃起东西来。生菜、意大利香肠、橄榄,她认真地吃着,没再说一句话。

泰柱的忠告是有道理的,立场也说得过去。泰柱的决定，她无权干涉。她并非不明白。

很久之后，她开口聊起了其他话题："你最近怎么样？没什么事吧？"

她清醒过来，试图重新开始对话，仿佛他们刚见面，而泰柱顺势配合。两人礼貌地询问彼此的近况，问候已与自己无关系的对方的亲属，闲聊日常生活，无力地进行着像直线那样笔直延伸的对话。

严格来说，她与泰柱的关系跟那件事无关。那件事不过是在他们之间留下了细小的裂缝，提供了一个契机，让那些被他们忽视、不屑、假装不存在的问题浮现。

"对了，这些东西给你。我这次只带了重要的。"吃得差不多时，她递给泰柱一个袋子，里面装着日记本、相册、毕业证和聘用书等。

"都说没必要特意带给我了，但，总之谢谢了。"泰柱简短地回答，低头看手表，似乎想先离开。

"以后找我咨询吧。我是说以后，如果遇到了什么辛苦的事情。"

她的嘴里突然冒出这样一句话。泰柱正弓着腰准备站起来，用一种难以理解的目光看着她。

"找我咨询的话不用解释太多，反正我了解你，省时省力，咨询费我会给你打折的。"

她试着露出一个自然的微笑。

当然，这样的事不会发生。泰柱的生活已经进入了她不了解的阶段。如果真的遇到了什么困难，也一定是在她未曾了解的地方。她对泰柱的熟悉只会越来越少，两人的生活也越来越远，直到再也找不到交集。

泰柱站起身，带着未曾说出的回应先离开了，没有一句道别，仿佛是对她的惩罚，将她独自留下。

*

珠贤：

天气越来越热了，你过得好吗？

我之前跟你提过吧，我一直想要救助一只生病的流浪猫。不久前终于抓到了它，但不是我抓住的，尽管我试了很多次，但都没有成功，邻居家的女孩一下子就抓住了。是不是很神奇？女孩说，她只是趁猫走进笼子的时候轻轻推了一下。怎么会这么容易呢？我之前像那样试了很多次，但都失败了。

你可能不知道，猫一旦激动起来会变得很凶猛，让人无法靠近。但它竟然那么轻易地被推进了笼子，太让人惊讶了。你说会不会是因为它自己想要活下去呢？它想寻求人类的帮助，所以才主动走进笼子。我不禁产生这样的想法。

最近，我每天都会去动物医院看那只猫。它的情况几乎没有任何好转，按医生的话来说，突然停止呼吸也没什么奇怪的。当然，医生不会说得这么直接。总而言之，那只猫还活着。有时候我感觉它不仅仅是活着，而是用尽全力想活下去。也许正是因为不知放弃，所以它才能活到现在。

我也不知道自己为什么要做这件事，甚至不确定自己这样做是不是真的在帮它，是不是在救它。说到这里，你可能会说，我是在以救助流浪猫为借口逃避自己的问题。

可是，珠贤，后来我联系了朴正奇的母亲。我让律师给她打电话、发短信，但都没有任何回音，估计以后也不会有。那个时候，你带我去福利院，我是不是应该做些什么？我是不是应该坦白自己的身份，问候她的生活，和她说些什么？

可我当时又能和她说什么呢？那时的我没有做好任何心理准备，我能说出口的话是什么？又真的存在我能说出口的话吗？

芜菁最让人印象深刻的是眼睛。

当芜菁睁开眼睛时，青绿色的虹膜包裹着乌黑的瞳孔，格外清新。凸起的眼球像玻璃珠般透明，总让她想起闪亮的行星。像面具一样包裹着眼角的黄色毛发十分有趣，鼻梁旁那颗大斑点又添了一丝调皮。

"芜菁，你还好吗？"

芜菁的状态看起来还不错，与之前躺在那里无法进食的日子不同，端坐在病房里，注视着她。有时用舌头梳理前爪的毛，有时用后爪搔耳朵，有时懒洋洋地打着哈欠，嘴角也不再是湿漉漉的了。此前一直折磨它的病痛似乎消散了一点。

她把脸贴在病房的玻璃上，与芜菁对视，芜菁冲她缓慢地眨了眨眼睛，间接但明确的友好表示。她鼓起勇气，将食指伸进玻璃上鼻头大的圆形呼吸孔里。芜菁没有表现出惊恐，反而走过来嗅了嗅，鼻尖碰到了她的手指。芜菁似乎知道什么。它知道她为什么把它带到这里，又打算为它做些什么吗？它是不是终于明白了这一切？

她一时忘了芜菁是动物的事实。人类口中的"动物""禽兽"等词所蕴含的意义是那么肤浅和狭隘，这个想法一旦出现在她脑海里，就再也无法抹去。与芜菁之间无需语言的交流给她带来某种安全感，那是在这个言语不断掉落、嘈杂喧扰的世界里绝对无法感受到的东西。

谅解与共情，安慰与理解，难道这些只能在彻底的沉默中才能实现？

语言从未让她感到恐惧或害怕。她一直认为自己对语言世界的理解相当透彻。通过分析、说明、反驳、同意、坦白等方式，她总能准确表达内心的想法，也常常自负地认为自己能洞察所有人的内心。

后来她意识到自己不过是被泛滥的语言挟持，

成了随意挥霍非必要言语的人。说出口的话何时诞生，如何存在，又将消失于何处，这些她从未想过。

"您来了。今天芜菁的状态还不赖吧？它时好时坏，我的建议是再观察两天。有时候看似好了，但可能突然急转直下。"医生的声音洪亮，说完后点了点头，然后径直朝诊疗室走去。

她在医院停留了一会儿。病房有九个房间，每间收费一万韩元，已经全住满了。除了两只猫，其余全是狗。芜菁的隔壁住着一只小花猫，脖子上戴着红色项圈，指甲大小的吊坠上刻着"星歌"二字。星歌，应该是小花猫的名字。

她不紧不慢地观察每只动物的情况。

穿着纸尿裤的马尔济斯犬不知疲惫地叫着；巴哥犬喘着粗气，不停地咳嗽；贵宾犬正枕着磨牙棒，无力地打着瞌睡。她挥一挥手，狗狗们立刻摇着尾巴回应，甚至还有些狗伸出舌头，在原地转起圈来，掩饰不住的兴奋。

她绕了一圈，没有发现比芜菁状态更差的。而且，它们都有主人，治疗结束后都有家可回。她走出病房时，芜菁又回到瘫软无力的状态，无论她怎么挥手，芜菁都没有反应。

连绵的雨下了好几天。所谓"有史以来最干燥的梅雨季"的预测落空。雨像在嘲笑实时更新的天气预报，断断续续下个不停。

第二天下午，她去了超市。超市里挤满了来避暑的人。她先逛了三楼的家具家电区，又下到二楼生活必需品和化妆品区，体育用品和宠物用品在地下层。

她挑了一副蓝色护膝和护肘，还买了一条紫色发带，然后径直走向地下的宠物用品区。饲料标注着不同克数，零食种类繁多、色彩缤纷，还有一些用途难以猜测的设备和小巧可爱的玩具。

"如果需要帮助，请您告诉我。"正在整理货架的店员淡淡地说。

她依次查看系有羽毛的逗猫棒、鱼形玩偶、能发出声音的铃铛球和软绵绵的垫子，然后向店员问道："请问买这些玩具回去，宠物们自己知道该怎么玩吗？"

正忙着给最下层货架装货的店员抬头看着她："您家是狗还是猫呢？"

"猫。"

"那您是第一次给它买玩具吗？"

"是的。"

店员直起身，摘下手套，简短地介绍了几款贴有"人气商品"字样的玩具。店员提到的唯一有用的信息是，不同年龄、性别和喜好的猫对玩具的反应差别很大。她对芜菁了解不多，甚至怀疑芜菁是否真的能自己学会玩这些玩具。更令她不安的是，芜菁或许根本没有这样的机会。

"养宠物就像养孩子，需要花很多心思和力气。您养了只猫，是吧？"店员问她。

她点了点头，挑了几件玩具——系有红色羽毛的逗猫棒、能发出铃铛声的软球和一个鱼形玩偶。所有这些加起来的价格还不到一万韩元。

"如果标签没有拆，可以拿来退。"店员低声提醒，见她应声后又加了一句，"当然也可以换成其他商品。"

*

学校附近有一个市场。走出拥挤而繁忙的市场小巷，便能看到一家便利店和文具店，旁边是一面画有花草树木的墙。再往下走便是另一个世界，市场的喧嚣和气味在这里转变为截然不同的东西。

"开心点！嗨起来！我们一起参加躲避球运动会！"正如世伊所说，校门前挂着一条巨大的横幅。还有其他横幅，如"充溢爱与智慧的学习乐园""打造安全的校园，保护我们的孩子"。她还注意到几块印有红色字样的宣传牌，上面写着"校园暴力预防日""校园暴力主动申报及受害者申报期"。

"请问您有什么事吗？"警卫抬头看向她。她回答说自己与其他人一样是为孩子们加油时，警卫点了点头，示意她可以进去。他应该是把她当成了家长。她随着其他家长一起来到座席区，在一棵葱茏高大的榉树下坐下来。

来看孩子们比赛的成年人不足十人，也许是因为今天只是预选赛，运动场上也很难找到热烈的氛围。人们低声喊着孩子的名字，挥手，拍照。有几个人怯生生地挥舞着细长的应援棒和手工制作的加油手幅。一些家长眼尖地找到了自己孩子的班主任，轻声走近打招呼。

她不知道自己该做什么，只能安静地坐在那里。现场情况有些混乱，她难以将护具、发带和饮料交给世伊。更重要的是，她不确定若主动和女孩打招呼，女孩会作何反应，更无法预料这会对比赛造成怎样的影响。她选择等待，决定观察事态的发展。

今天的比赛不是在尘土飞扬的操场举行，而是在新鲜的草皮上进行。这是孩子们练习时从未被允许使用的地方。浓绿色的草地上，白色的线条清晰可见。尖锐的哨声响起，坐在台阶上等候的学生们纷纷跳下来，向球场跑去。留在场外的孩子们拍手为他们加油打气。充满活力又欢快的呐喊声响彻校园上空。

穿着蓝色和黄色队服的学生们起初站成一团，很快又分散开来。她的目光寻找着"四年级二班"字样的黄色队服。

世伊就在其中。

在忙乱的孩子中，世伊的身影时而出现，又时而消失。她向前走了几步。但世伊既没有转向她所在的地方，也没有看向助威的孩子们所在的台阶。女孩的视线一刻都没有离开自己站立的位置。

比赛正式开始。

称之为比赛似乎有些勉强。在她看来，这更像是孩子间的游戏，与专业知识、高强度训练、精妙战术毫无关联。孩子们只是追着球，一窝蜂地从这边跑到那边。对方扔球过来时，尽可能地蜷缩身体；自己拿到球时，则变得气势汹汹。在这个游戏里，实力与天赋无从施展，球的方向完全取决于偶然与巧合。

快速移动的白色球不停地击中孩子们，将他们送出球场。观看比赛的大人们发出连绵不绝的低沉叹息。被球击中的孩子会移动到对方场地外侧，帮助己方进攻。场内剩下的孩子越来越少，欢呼声变得更加激烈。坐在台阶上的孩子们呼喊着朋友的名字，用力拍手，为他们呐喊助威。

她有些晃神。

生活、谋生、职场、咨询，她想自己必须重新开始工作了。过去一年多的时间里，她主要靠停职补偿、失业补助和积蓄来维持生活。无所事事的时间，一年很长吗？或许只是一段不值一提的时光。她很清楚自己已经走到了极限，不仅仅是钱的问题，她再也没有信心让自己成为与世隔绝、身份不明的存在。

她无法再这样活着了。

"您也是来给孩子加油的吗？"站在旁边的女

人向她走近。她点了点头，女人紧接着问道："您是几班的呢？我家孩子是五班。"

"我是二班。"

"孩子和我说，二班有很多实力不错的孩子，他们打练习赛时一次都没有赢过二班。看来我们家奎仁今天也赢不了，您觉得呢？"

她没有作声，只是羞涩地笑了笑。

场内只剩下四五个孩子。裁判老师吹响口哨暂停比赛，然后召集孩子们聚在一起，对他们说了些什么，似乎是提醒他们注意。老师又指着世伊和另一个孩子说了更多的话，两个孩子将头低向一侧，默默无言。

另一个是叫素丽的孩子吗？是那个借自己的受欢迎程度而欺负世伊的孩子吗？然而，真相远非如此简单，世伊的真相与素丽的真相，两把刀刃的朝向必然是不同的。

比赛再次开始。

白色球再次转动起来，热闹的氛围回归。你与我，你的阵营与我的阵营，分隔变得更加坚固，所有人都全力以赴，无论是参加比赛的孩子，还是前来助威的孩子。

她站在远处，既能感受到孩子们对胜利的迫切，也感叹他们的天真无邪。这或许是游戏的共同属性，也是体育比赛的本质：区分阵营，相互攻击，只有打败对方才能获得胜利。在如此激情澎湃、热血沸腾的氛围中，孩子们将经历怎样自然、原始，又充满勇气的瞬间？

　　世伊的身体时常失去平衡，几次险些摔倒，她在一旁忐忑不安地看着。但世伊总能敏捷熟练地躲开对方的进攻。最终，只剩下三个孩子，球终于到了世伊手中。对方阵营仅剩一人，世伊双手握球，谨慎地向中线靠近，她的紧张在动作中表露无遗。

　　这是结束比赛的一击，是夺取胜利的机会。

　　然而，球从世伊手中滑落，无情地滚入对方的地盘。对方阵营的孩子迅速跑过来拿起球，毫不犹豫地将球扔了出去。球砸在了站在中线旁、不知所措的世伊身上。

*

卢恩雅：

　　您好。

　　我是林海秀。

　　我之前曾拜托崔京镇律师和您联系过几次。我并没有什么特别的目的，只是有些话想当面和您说。希望您能在百忙之中抽出一点时间与我见面。

　　我知道您不想再与那件事有所牵连。我不是想从您那里听到什么，也不想与您争论或谈判，更不是要向您提出什么请求。我只是想分享我的故事。

　　我在节目中说的话确实不妥，但请相信我并非出于恶意。在拿到电视台的台本之前，我甚至不知道会有那场争论。刚拿到台本时，我并没有认真考虑过。那时我

周三下午，她走出家门。

一个小时车程的距离，她决定乘坐公共交通工具，而不是自己开车，以防返程时可能出现的状况。回家时的心情不可能和现在一样，多少会受到损伤，甚至可能支离破碎。到时候，她得想办法拖着那颗破烂不堪的心回家。她无法预测那颗心将要承受的重量，也无法想象那时的状态会有多糟。

她步行到地铁站，下了地铁后换乘公交。她好像一点都不匆忙，步伐不紧不慢，看上去甚至有些悠闲。

她来到一家住宅区内的咖啡馆。那里既没有招牌，也没有灯光，看起来像普通住宅。然而，一穿过大门，宽敞的院子和几张实木桌出现在眼前。与其说是院子，更接近花园，精心打理的花坛和生机勃勃的植物格外引人注目。

她走进室内，选了能看到外面景色的位置入座。室内摆满各式各样的大型盆栽，弥漫着浓郁的青草香。正中央穿透屋顶的树使店内氛围格外庄重。

她等待的人准时到了。卢恩雅，朴正奇的妻子。此时，她刚刚不安地将杯中剩下的咖啡一饮而尽。

"请问是林海秀吗？"

女人走过来，舒展的肩膀、挺拔的身姿让她看起来比实际身高要高。或许是因为穿着一件亮色夹克，她看起来比实际年龄要小。

"您好，初次见面。"

她条件反射般地起身，与女人打招呼。女人将包放在椅子上，呼唤服务员，然后在她对面坐下。距离不远不近，足以捕捉女人每一个细微的表情。她直视女人的脸，感觉一切都恰到好处，从眉形、肤色到口红的颜色。女人每动一下，她都能闻到淡淡的柑橘香气。

两人面对面而坐，视线却斜斜地错开。服务员端来两杯咖啡，女人抿了一口后，才将视线投向她，似乎是做好了心理准备。

"很感谢您愿意为我抽出时间来。"接收到女人的视线后，她率先打破了沉默。

"嗯，听说您有话要和我说。"

女人的脸上看不出任何表情，没有善意，也没有敌意，没有悲伤，也没有愤怒。她不禁有些困惑。

"首先，想和您说声对不起，虽然迟了。我真的没有想到自己的一句话会导致这样的结果。"

女人摩挲着咖啡杯的手柄，杯子与杯托碰撞发出清脆的声音。她强压住内心放弃对话的冲动，不想用一句道歉来省略整个过程。如果往那个方向发展，她就不会请求对方为自己腾出时间，坚持要求见面。

她必须继续说下去。

她必须在心里找到自己能说的话和应该说的话。她必须耐心地将那些话按照顺序一个一个字说出来。然而，此刻她遇到了困难。

"说实话，那时的我对朴正奇先生几乎一无所知。长相、年龄，甚至连他是演员的事情，我都是在录节目当天才知道的，当时离节目播出只有很短的时间。拿到台本前我并不知道会有围绕他的讨论，但凡稍微了解过，我绝对不会照着台本把那些话念出来。"

女人直勾勾地盯着她的眼睛。她不确定自己是不是说错了话，也无法准确读出女人眼中的情感。

"那你现在又对他了解多少？我是指朴正奇。"女人开口问道。

她所知道的仅仅是，他是一个演员。女人在等待她的回答。她在记忆里艰难地搜寻他参演过的电视剧和电影的名字。《勇敢的男人们》《秋天的赞歌》《黄昏的山坡》……还有一些意义不明的，如《穆罗齐》《红美》。

"您觉得他怎么样呢？"

"您指的是？"

"您所了解的朴正奇是一个演员，那您觉得他作为演员怎么样？我很好奇心理咨询师是如何看待这些人与事的。"

对话突然转变方向，女人紧紧握住对话的缰绳，是想考验她吗？她早已做好心理准备，心甘情愿接受任何考验。

"如果他能接到一些戏份更重的角色会怎么样，我有过这样的想法，总感觉他接的角色都有些轻。"

"确实如此。为什么他没能得到更重要的角色。其实也有过一些不错的机会，但每次都阴差阳错地错过了。越是觉得这次会很顺利，会表现得很好，结果就越不理想。"

女人的目光固定在桌子的某个点上。

"《仅此一首歌》，他在这部电影里饰演的角色还是很不错的。"

她的嘴里突然蹦出这样一句话。在那部电影

中，他的出场次数屈指可数。但他独自一人站在白雪皑皑的原野中的模样一直浮现在她的脑海。他套着一件大得可笑的夹克，身体颤抖着，望着远去的面包车。眼神是活的。

"是的，就是那部电影。那个角色还不错吧。虽然他自己不这么认为，但那个角色最像他。有些人总在关键时刻遇到问题。那个角色包含了他的一生。所以，那部电影让我觉得压抑。"

对话戛然而止，仿佛迷失了方向。窗外传来一阵狗叫声，透过窗户可以看到一条白色的小狗在庭院里奔跑。女人再次开口：

"当时我正在和他打离婚官司。严格来说，在法律上我们已经没有任何关系了。如果今天前来赴约的是他的母亲，她可能不会像我这样心平气和地和您说话。"

"对不起。"

"听说您也联系过他的母亲。您不觉得这么做太晚了吗？"

"对不起，我确实应该更早去拜访两位，非常抱歉。"

她低下头。

"我们当时是想起诉您的，您的律师应该有和您说过吧。起诉是我提的，不管是侮辱罪还是名誉损毁罪，我想把所有能告的罪名都告一遍。他的母亲却劝阻了我。她说自己的儿子绝对不会因为无关之人的几句话就选择结束生命。即便他做了那样的选择，也绝不会是因为别人的话。"

女人看着她。那一刻，对话的缰绳彻底滑落。沉默占据了她，她逼自己打起精神。

"非常抱歉。"

"请不要再道歉了，没有其他想说的话吗？"

她还有其他想说的话吗？是不是还有一些必须说出口的话？她对过去擅自评价他人的行为表示后悔，并说自己在进行深刻的反省。

"反省？请问是怎样反省的呢？"

"您是在说，我是如何反省的吗？"

一瞬间，她想到"补偿""赔款"之类的词。那些确实是可以将看不见的心意具象化的方法，也是在某种程度上可以为纷争画上句号的步骤。她并不是没有想过这样的情形。于是，她尽全力用足够委婉的语气从侧面试探女人的真实想法。

"您好像完全没有理解我的意思。"女人一脸无可奈何，摇了摇头，抿了一口咖啡再次开口，"我偶尔会有这样的感慨。现在的人们好像陷入了自我反省的狂潮，不管在哪儿都能听到反省两个字。反省吧，为什么不反省呢？有认真反省吗？听得耳朵都要起茧了。实际上，反省是为了自己。没有人想重蹈覆辙，人生可没有那么多时间挥霍。现在应该到了明白这一点的年纪了吧。"

女人没有停下来。

"他不算好丈夫，却是一个好演员、一个好儿子。当时他在各方面都遇到了困难。我没必要把那些事情一一告诉您，但他母亲说的没错。他不会因为别人的话而做出极端的选择。所以，他母亲才说自己不需要接受您的道歉。"

她沉思着，朴正奇到底是一个什么样的人。她看过他的报道，得知他与演员同行发生过争执。现场视频、目击者的详细描述和受害者的陈述满天飞。她觉得自己对那个人了解得差不多了。那类人，那种男人，活得就像喝醉酒一样。但在影视剧中，他的形象并没有那么单一。在女人的言语中，他成了一个更加难以捉摸的人。她逐渐意识到自己永远也不可能完全了解一个人。他和他的整个人生像一场可怕的风暴，迅速将她淹没。

她直起腰，端正自己的坐姿。

"请不要误会，我这样说并不是为了减轻您的负罪感，也不是在说您一点错都没有。"

女人的脸上露出一丝嘲讽，隐藏在平静表情背后的厌恶与恨意开始显现。这可能是她的错觉。对面那桌客人突然爆发出一阵轻快的笑声，互相叫着彼此的名字，开着玩笑。

"这件事也给您带去不小的打击吧？您当然会觉得委屈，也想要和其他人解释自己的想法和处境。大家最终想说的不都是这些吗？可我并不觉得这算反省，闭上嘴反而更像是在反省。事到如今跑出来说这些又有什么用？关于这件事您至少也要承担点什么吧？"

一切变得明朗起来。女人并不想知道她的想法，赴约的目的也不是为了听她的故事。对女人而言，她说的所有话都不过是在为自己辩解。不管她说什么，都绝不会比沉默更好。

那一刻，她抑制住想要将沉在心底的话说出口的冲动。未能说出口也无法说出口的话将永远沉没，彻底成为只属于自己的私有物。她只能接受这个事实。这是她理应承担的责任，是无法与他人分享的东西，也像当时的朴正奇一样，就像现在坐在她对面的女人一样，背负着无法言说的话语，只能选择保持沉默。那句一直以来只存在于语言表面的话，直到现在她终于领悟它的真正含义。

"是的，我明白您在说什么。"她回答道。

对话仿佛已经结束，女人站起来，拿着包离开了咖啡馆。她的视线紧紧跟着女人，直至女人的背影消失。

一段回忆恍然浮现在她的脑海。

"侮辱，你是说侮辱吗？走在路上被谁绊倒了算不算侮辱？这种再常见不过的事情才是真正的侮辱吧。"

被愤怒掌控的声音，被嘲弄爬满的脸。那是某个时候在电影中听到的台词。那成了他的最后一部电影，因为她，因为她嘴里吐出的那句话，也可能因为她绝对无法知晓的原因，也许从一开始就不存在所谓的原因。不管真相是什么，她都无从得知。正因为无从得知，所以才无法言说。

卢恩雅：

当时我在节目上是这样说的。

"朴正奇与演员同行发生争执、在拍摄现场胡作非为，是很不负责任的行为。也正因为他未能意识到自己的行为有问题，其他演员同行才出面作证，各种爆料频频涌现。从演技不行、不按约定履行债务到性格缺陷，关于朴正奇先生的传言有一定的根据。他现在所面临的处境是他本人造成的，必须承担责任。即便考虑到他的心理状态不稳定，他的行为也很难获得理解。"

坦白说，我在录节目前并不知道那件事。直到那天上午，我在休息室确认了台本后才知道发生过那样的事情。即便如此，我依然按照台本上的文字一字不差地读了出来。我当时毫无想法，仿佛自己真的认识他。

她在咖啡馆逗留了一会儿，在心里销毁了写给女人的所有信件。她本以为准确的词语、明确的句子足以传达自己内心的想法。但现在，她决定放弃微弱的可能，将想说的话埋进内心深处那片再也无法触及的沉默之中。

她走出了咖啡馆。

*

她恍恍惚惚地在人潮涌动的公交车和地铁中穿梭，不知不觉便回到了家。

在推开大门走进院子的那一刻，艰难维持平衡的心境突然向一侧倾斜，紧张感消散，浑身的力气也随之消失。她感觉自己的心神一点点地散开。她能做的只有凝神感受这股浸透全身的凉意。

这是一个闷热的日子。

她将家里所有的窗户都打开，静静坐在沙发上。客厅的收纳柜、电视机、没有花纹的素色壁纸、小巧的桌子、半敞着的门、光滑的地板，她的视线扫过家里每个角落。一切如常，但她觉得有些地方发生了变化。陌生的情绪和滞涩的感觉挥之不去。

一阵蝉鸣如波浪般逐渐接近又远离。一切突然失去了现实感。她会不会也是个演员，正在饰演某个角色。如果是的话，她在饰演的是什么角色，这个角色是怎样的一个人。

犯下不可挽回错误的恶人？不可原谅的加害者？背负冤屈的受害者？屈服于逆境的失败者？在试炼中迷失自我的愚蠢之人？

她打开广播，将音量调低，走进厨房，打开冰箱。

她从果蔬仓拿出软烂的西红柿和蘑菇、皱巴巴的苹果和橙子，将腐烂到难以辨认内容物的小菜盒一一端出来，挑出过期的酱料和调味品，找出未拆封的方便产品。冷藏室变得空荡。

冷冻室的情况更糟糕。她满头大汗，将所有包装袋一一打开，确认里面冻得硬邦邦的食物，然后将它们全都扔进大垃圾袋。这些不知何时何地买回来的食物竟然堆积了这么多。

她努力将注意力集中在这一连串简单的动作上——翻找、确认、丢弃。这些机械的动作似乎为她带来了某种安慰。这可能更接近于某种教训或自我暗示。留下该留下的，扔掉该扔掉的，空出的空间总能被新的东西填满。

当她快要清理完冰箱时，电话响了，是正直动物医院。

"请问是芜菁的监护人吗？"

打来的人是护士长，一个敢阔步靠近大型犬和狂野猫的人。她熟练地协助医生看诊，仔细检查日程安排。护士长给她带来了一个好消息：芜菁的状况好转，基础检查已经结束，如果一切顺利，下周就可以进行手术。

"本来也打算今晚过去一趟。"

"那您现在有时间过来吗？晚一点的话，院长就在手术中了。您现在过来的话还能和院长聊一下。"

为了盖过狗叫声，护士长的声音已经接近大吼的程度。她说好的，挂断电话后稍作准备便离开了家。

黑暗渐渐笼罩昏沉的街道。夜晚的动物医院格外安静，小黑露出肚皮，酣睡在窗边的椅子上。她不想吵醒小黑，轻手轻脚地推开门走了进去。与接待台的职员打过招呼后，她径直上了二楼——芜菁的病房在那里。

住院室隔壁的诊疗室里亮着灯,透过玻璃窗可以看到趴在办公桌上的医生。护士长轻声敲门,医生立刻直起身来,挥手示意她进去。

"您来得真快,请坐。"

医生疲惫地敲了几下鼠标,将电脑屏幕转向她,上面显示着芜菁的病历。似是想要驱逐困意,医生用力睁着眼睛,开始详细解释。血液、红细胞、急性炎症、心丝虫、泛白细胞减少症、外耳炎、阳性与阴性、带菌与抗体……虽然这些专业术语让她难以消化,但她很认真地听着。

医生眼睛上粘了一根黄色毛发,显然是动物的。每当医生晃动头部,那根细长的黄毛便会猛地立起,又轻轻落下,如此反复。

"您还有什么想知道的吗?"医生问道。

"手术后芜菁能好起来吗?它的这些病都是可以治好的吗?"

"虽然具体情况得麻醉后掰开嘴巴才能确认,但我估计最多只需要拔掉几颗牙。相关数值已经都降下来了,炎症也消退了不少。做完手术后再接受一段时间的治疗就会没事。我唯一担心的是它体形太小，不过它现在已经主动进食了。只要有活下去的意愿，病魔很快就会被打退。"

医生看着标满手术与诊疗日程的桌历，将手术时间定在了下周二。她点了点头，没有再说什么。

当她准备离开时，医生问道："对了，还有小黑，最近有人表示想要领养它。是经常光顾我们医院的人，她觉得小黑特别可爱，希望可以领养。您觉得怎么样？"

"她想领养小黑吗？"

"她还养了一条十岁多的寻回犬，是值得信任的主人。您应该也不想再把小黑放回街头吧，一直放在我们医院也不太现实。您有养它的打算吗？"

"我想先和世伊商量一下。"

"和您一起来的那个小朋友吗？她上周六来医院了，带了很多零食想喂给芜菁，但芜菁的情况不是很好，护士阻止了。芜菁现在可以吃了，您可以让她带零食过来！"

她与医生道别后，走出诊疗室，然后去看了芜菁。不过一天时间，芜菁似乎恢复了不少，发现她的到来后，发出一声低沉的叫声。她将手指伸进呼吸孔，芜菁立刻凑过来，用脸颊蹭了蹭她的手指。

小巧玲珑的粉色鼻子湿润又柔软。

一旁正在打扫空病房的护士长小声提醒道："您可以摸摸它，它让人摸的。"

"是吗？"

她有些犹豫。护士长走过来打开病房的门，抚摸起芜菁来。她试着伸出手，芜菁没有反抗。虽然它闭上了眼睛，似乎还有些害怕，但除此之外什么也没有发生。柔软又温暖的触感自掌心蔓延开来。

她不禁思考，这个家伙为什么突然允许人类接触，这样的变化是否会带来什么不可预测的结果。想着想着，内心的一角越发不发。

尽管如此，那一刻她所感受到的最强烈、最明确的情感是感激——激动、感动、宽慰与喜悦，交织而成，她阴沉的内心瞬时明亮起来。

"之前住在这里的猫已经出院了吗？"

她一边抚摸着芜菁，一边看着隔壁空荡荡的病房。护士长用喷洒器往里面喷消毒剂，刺鼻的味道扑面而来。

"它无法接受手术，所以办理出院了。"

她没有再问下去，不想知道更多细节。有些故事可能会对未来产生负面影响，对芜菁，对她，甚至对世伊，都是如此。尽管这或许只是她过分的担忧和毫无根据的不安。

"芜菁做完手术后可以立刻出院吗？"离开病房时她问道。

"这需要问院长，不过我觉得应该可以，您不用太担心。"

*

持续的热浪。有时上一秒骄阳炙烤着大地，热得令人窒息，下一秒骤然下起倾盆大雨；有时黑云沉凝后又如谎言般消散。不管天气如何，她的内心渐渐变得宁静而安稳。那些曾经在她心头翻涌、令她焦躁不安的东西似乎终于远去。内心深处的那些话正逐渐失去气势，缓缓沉寂。

周六上午，她前往医院见了小黑的领养人。刚到门口，先一步到达的世伊就迎了上来。

"阿姨！我刚才给芜菁喂猫条，它竟然吃了耶！而且它现在能老实地待在那里任人摸了，头也不晃了。你知道吗？"

"真的吗？"

"摸到它才知道它有多瘦，骨头都能很清楚地摸到。它实在是太瘦了。"

她看着世伊，点了点头。世伊的脸被晒得黝黑，看起来非常健康，似乎又长高了一些。两人并排坐在候诊室的椅子上，与小黑进行着也许是最后一次的会面。一高一低的两位领养者准时到达，看起来是一对母女。孩子单肩背着一只薄荷色的太空舱，率先走进来；女人则拎着一个大纸袋紧随其后。

"小黑！"

"小黑，你最近过得好吗？"

两人同时呼唤小黑的名字，刚才还待在世伊身边的小黑立刻跑向她们。一丝难掩的黯淡瞬间浮现在世伊的脸上。

"猫咪们一般都不怎么亲人，可是它非常喜欢人，实在是太可爱了，我就顺嘴问院长，是否可以领养。没想到您这么痛快就同意了，真是太感谢了！其实我今天是想一个人偷偷把它接回家的，可这孩子知道后非吵着要跟过来。她之前和我来医院的时候见过几次小黑。快来和阿姨打个招呼，小敏！"

"阿姨好，我叫金敏！"

她的猜测是对的，眼前的女人和孩子是母女。女人声音温柔，语气亲切，坐在旁边的孩子脸上没有一丝阴霾。院长说的没错，她们看起来是很好的人，至少不是那种无缘无故对猫大吼大叫、扔垃圾、施加伤害的人。但这样就能算拥有足够的资格领养小黑吗？如果不够，还需要什么，需要多少，现在她又该如何确认她们是否真的合适。

"听说您还养了一条狗，它们可以和平相处吗？"

"完全不用担心。我们以前临时照顾过几只猫咪，它每次都和猫相处得非常融洽。我们家噗噗性格非常温顺，而且现在年纪大了，每天大部分时间都在睡觉。"

"您家里总共是三个人吗？"

"不是，我们是四口之家。我、小敏、孩子她爸、我婆婆。家里基本上不会没有人，您尽管放心。"

"不好意思，我还可以再问您几个问题吗？因为我担心的事情比较多。"

"当然可以，肯定要问清楚。"

小黑干脆一屁股坐到孩子身边，似乎在明确表示自己愿意成为孩子的家人。她按照玛露妈妈的建议，进一步提出了一些问题，比如是否已得到所有家人的同意、对猫的习性了解多少、小黑生病时是否有能力为它提供治疗。还包括一些涉及个人隐私的问题，职业、家庭住址、房子的构造与面积等。

场面有些滑稽，她从未想过自己会对一个初次见面的人提出这些如同在调查户口一样的问题。而且，她对猫的生活习性一无所知，又有什么资格质问别人呢。在照料动物方面，眼前的这对母女应该比她更专业。

女人没有表现出任何不快，真诚地回答了所有的问题。

"需要我和您签订一份合同吗？如果那样能让您放心的话，就签一份吧！"

女人甚至照顾起她来。她没有要求签订合同，只是拜托女人偶尔告知小黑的近况。女人非常爽快地答应了。

"世伊，你有什么想说的吗？"

她回头看向世伊。世伊低头注视着薄荷色的太空舱，没有接话。她温柔地搂住世伊的肩膀，在她耳边低声说："没事的，有什么想拜托人家的都可以说出来。"

世伊似乎要说什么，嘴巴张开又闭上，然后摇了摇头。就这样完成了领养程序。小敏小心翼翼地打开太空舱的门，小黑像是等了很久的样子，一蹬腿就蹿了进去。

"小黑，你不和我道别就走啦！以后多保重噢，千万不要生病！"她故作轻松地与小黑道别，却还是没能完美地掩饰自己的感伤，世伊的神情也显得落寞。

"这是我准备的猫咪零食。听说和小黑一同被救助的猫还在住院，我和小敏也会一起祈祷，希望它早日康复。袋子里还有一些蜜果，是在我家附近的年糕店买的，没那么甜，还蛮好吃的，您尝尝吧。"

女人将手里的黄色纸袋递过来，世伊接下。纸袋里装着猫罐头和猫条，还有两盒包装精美的蜜果。母女向她们道别后离开了医院。这次是母亲背着太空舱走在前面，孩子跟在后面。两人缓缓走向人行横道。

她和世伊并肩站着，目送两人远去的背影。

"我们去看看芜菁吧！"

她转身看向世伊，世伊突然跑出医院。她急忙追去，但跟不上女孩的速度。世伊以最快的速度穿过闪着绿灯的人行横道，追上马路对面的母女。她只能在红绿灯前停下来，远远地看着她们。

来往不息的车流时不时挡住世伊的身影。三个人在说话，但仔细看，说话的只有世伊。她看到世伊将什么东西递给了小敏。

信号灯变绿，世伊像去时一样奔回马路这边。

"过马路要小心一点，如果绿灯开始闪了，就等下一个。"

她还没说完，女孩就扑进了她的怀抱。女孩喘着粗气，是在哭泣吗？她是不是应该用一些无法兑现的约定安慰女孩，比如告诉女孩这并不是永远的别离，随时都可以询问小黑的情况，甚至还可以去看它。当女孩抬起头时，她发现女孩脸上没有一丝哭过的痕迹，甚至比任何时候都要平静。

"你和她们说了什么？"她轻声问道。

"递纸条给她们，是我昨晚写的。"

"纸条？你给领养小黑的人写了一封信？"

"不是啦，不能算是一封信，只是写了必须遵守的三件事而已。"

"三件事？"

女孩犹豫了一下，咬了咬嘴唇，最后还是回答了她。

为小黑准备一间属于自己的房间，睡觉前和它说晚安，每个月让它尽情地吃一次喜欢的零食。更像是孩子自己的愿望，而不是小黑需要的东西。

"嗯，做得好，你做得很好。"

她抚摸着女孩的头，两人向医院走去。在芜菁接受手术前，她们查看了芜菁的状态，听医生讲解了手术的流程和方式。结束后，她们没有理由继续留在医院了。回家路上，女孩问道："阿姨，下周能来我们学校吗？我是说如果你没什么其他事，可以来看我的比赛。"

今天她才有机会把之前买的东西送给女孩。女孩翻看护肘、护膝和发带，然后抬头看着她。

"躲避球比赛还没结束吗？我以为已经结束了。"

"比赛要避开雨天和太过炎热的天气，所以推迟到了现在。"

"好吧，比赛是什么时候？"

"下周五下午四点，是半决赛。"

"周五四点？好，我会去的。这些东西你喜欢吗？不喜欢的话，我们可以一起去换。"

"嗯……我可以说实话吗？"

她点了点头。

女孩欲言又止，皱着眉头回答道："其实我很喜欢，我特别喜欢紫色。这些东西都很好看！"

她和女孩一起穿过马路，拐进小巷。女孩时不时抬起头看看她，脸上流露出一种说不出的亲近感。究竟该如何定义这种情感，友谊、牵挂，还是纯洁的战友情谊？无法用一个词语简单概括的情感已经刻印在她心底。

是什么让她改变了？是与女孩共同经历的这段日子吗？这段时间给她的生活带去了什么样的影响？很久以后，女孩会如何回忆这段时光？她与女孩之间到底分享并交换了什么？

"阿姨，抓到芜菁后，你应该没再去过那片空地了吧？"

走到巷子分岔口时，女孩的声音混杂在远处传来的狗叫声中。

"嗯，没去过了。世伊，你去过吗？"

"据说那边多了三只小奶猫，上次玛露妈妈告诉我的。她说小奶猫们现在还超级小，特别特别可爱！"

"是吗？"

"下次一起去看看吧！还能把今天收到的罐头分给它们一点。"

"好，就那么做吧。"

*

那天的事情发生得非常突然。

但这样说似乎有点不妥，任何事情都不会突然、莫名其妙地发生，那天的事应该也经历了漫长的因果循环。如果世间万物的发生都有其原因和结果，那么是否能够更轻松地接受任何事？

周五下午，她和家长们在临时搭建的遮阳棚下入座。

又是炎热的一天。最开始棚下还有阴凉的地方，而此时阳光斜射进来，无处可躲，但家长们并不在意，满头大汗，忙着找可以看清自己孩子的位置。一些家长喊着孩子的名字，为他们打气。只有她疏离于激昂的氛围。

一班与六班的比赛结束后，在台阶上等待着的二班与七班的孩子们立刻就位。世伊站在一群孩子身后，和大家一样戴着护肘、护膝和发带。

"齐！整队！"

裁判老师将孩子们集中起来，他们迅速移动到球场内部。到达各自阵地后，两队队员将手叠在一起，高声呼喊口号，随后按照老师的指令站成一排。通过这些增进团结的仪式，为了凝聚力而进行的表演，孩子们的表情严肃起来。

老师吹响口哨，球被高高抛起。站在中线两侧的孩子飞身跃起，七班抢到了发球权，进攻开始了。

"今天实在太热了，您也是来看比赛的吗？请问您支持的是哪个班呀？"

站在她身旁的女人和她搭话，看起来比她年轻三四岁。当她说自己是为了二班而来时，女人露出欣喜的神色，向她靠近半步，低声说道："七班有不少大块头的孩子，大家都说他们极有可能夺冠，咱们二班的运气看来不是很好呢。早知如此，咱们二班的妈妈们真该一起商量一下。唉，现在想来真是后悔啊！"

世伊今天的状态还不错，身姿轻盈，反应敏捷。她的视线始终追随着女孩，不想错过每一次可能的对视机会，也希望女孩能知道自己在这里。

"虽然大家都对孩子说，好好享受比赛就可以了，输了也没关系，但我们做父母的，心里又怎么会真的那么想呢。还是希望孩子能赢的，输掉比赛的话，孩子们会多伤心啊，我现在已经开始担心了。"

女人不停地说着，和她一样视线始终没有离开球场。球在两边阵营之间飞快地穿梭。每来回一次，都会有几个孩子被淘汰出局。

"但凡是比赛，有输便有赢。在输赢之间，孩子们也能学到一些东西吧。"她回应道。

她说谎了。她希望世伊所在的二班能获得胜利。如果二班通过世伊的表现获得胜利，世伊的处境也许会有所改善。世伊拼死躲避的目的不正是如此？

"哎呀，等一下，您是不是之前上过节目的那位博士？林海秀博士？"

女人突然提高了音量。

"哎呀，是您吧？怪不得我总觉得您有点眼熟呢。您也住在附近吗？没想到您已经有孩子了。"

突如其来的袭击。刚忘记，噩梦又重新找上门。

全身的神经反射性地绷紧，血液涌向两只耳朵。但她并没有被突然出现的恐惧所吞噬，努力直面过去的自己，至少不再强烈否认了。如果可以的话，她将用力拥抱那个时候的自己。毕竟，她最终不得不这样做。

"是的，我是林海秀。我今天是来给邻居家的孩子加油的，我没有孩子。"她平静地回答女人。

"天哪，竟然能在这里遇到这么有名的人，真是太神奇了。那个小朋友是谁呀？她也是二班的吗？和我们家素丽是一个班呢！"

哨声响起，老师叫停了比赛，并给孩子们一些指示，似乎在提醒什么。哨声再次响起，比赛重新开始。两边阵营都只剩下四五个孩子。

"那个孩子叫黄世伊。她在那边，戴着紫色发带的孩子。您看见她了吗？"她指着球场上忙碌的世伊。

"黄世伊？世伊？啊，您是说世伊啊！原来您是来为世伊加油的啊！"

女人的声音里带了一点不自然的酸味。是从素丽那里听说了什么吗？女人是否知道自己的女儿集结朋友们一起欺负世伊？她努力压制心头的猜测与误解，让它们不要蔓延得太快。好人与坏人，善意与恶意……做出判断，贴上标签，树起高墙，她不想再做那样的事情。

女人的声音又恢复了原有的爽朗："那您今天休息吗？我是说咨询中心的工作。您应该还从事心理咨询的工作吧。我一直都很想试试。以前您上节目的时候，不是会给人们提一些建议吗？那些建议给我带来了很大的帮助。我真的很喜欢您的节目，可惜现在没有了。"

这个女人想知道什么，为什么有些好奇心以如此无礼的方式涌现？

她没有表露任何情绪。现在她已经明白没必要向任何人展示自己混沌的内心世界。有时候想说什么，或者不想说什么，都不是自己所能控制的。

"我有很多不足的地方，不适合上节目。不过，听到您说喜欢我的节目，实在是太感谢了。咨询的工作暂停了，还没确定什么时候重新开始。"

哨声再次响起。

比赛中断，喧闹的人声逐渐平息，周围变得安静。二班似乎出了问题，孩子们都没有去管地上的球，而是围成一团。吵闹声越来越激烈，七班的孩子们也开始涌向二班的位置。

"喂""立正""世伊""被淘汰""黄世伊""猪头""黄扫把星"……

在吵闹的声音中，她捕捉到这些词语。究竟发生了什么，难道孩子们又开始为难世伊了？家长们似乎已无法忍受，纷纷走出遮阳棚。老师见状急忙吹响口哨，挥手示意他们不要靠近。

很快，跑来两名老师，聚在一起的孩子慢慢散开，真相逐渐浮现。球场中央瘫坐着两个孩子，世伊和一个比世伊瘦小的女孩。两人在老师的要求下站起来，拍打身上的尘土。

风波似乎告一段落。突然，低着头的世伊猛地冲向那个女孩，把手里握着的沙子撒向对方，并踹了对方一脚。尘土飞扬，两人再次摔倒在地。一旁的老师们连忙劝阻，但没有太大作用。两个孩子扭打在一起。尖叫声和呐喊声此起彼伏，世伊紧紧抿着嘴。

"天哪，这是怎么了！"

"快过去看看呀！那个孩子是谁？"

"应该是同班同学吧，她们都是二班的。"

家长中传来激烈的议论声。她用双手遮住太

阳，向球场靠近了几步。到此为止。她没有再走近，而是站在那里静静地看着。那一刻，她所看到的不是孩子之间常见的肢体冲突，而是长时间以来折磨着女孩的愤怒、孤独时的无力，以及最终走向自我毁灭的决心。

有些人呼喊着孩子的名字冲向球场。几个人被赶了出来，又有几个人扎了进去。遮阳棚下，只剩她一人。

*

珠贤：

天气越来越热了，你过得还好吗？

不久前我去见了那个人，卢恩雅，朴正奇的妻子。我们坐在咖啡馆里，好像有重要的事情要谈一样。你会相信吗？事实上，那并不算是一次对话。我没有带着期待而去。但如果说我没有丝毫期待，那肯定是骗人的。或许在某种程度上，我们还是有可能进行一次对话，也许某一瞬间我们真的可以做到。

我想说的话、我需要说的话，我是否相信自己能够说出口。或许我太天真、太愚蠢了，总以为对方愿意听我的话。现在，我似乎有些明白你当时说的话了。那时你为什么要我去见那个人的家属，为什么说这样做是为了我好，现在我或许稍微明白了一些。

其实我想和你聊的并不是这些。

珠贤，我想和你说一些不一样的事。那件事发生的时候，我身处旋涡之中，不知不觉地、无意识地伤害了你。虽然现在说这些有些晚，但我还是想和你道歉。我不想辩解，只想说，我错了，是我的问题。最近，我才切实体会到你当时的心情。

一直以来，我把你的付出当成理所当然。作为朋友，你没有过一次试图放弃我。我却没能和你说声谢谢。

我对待一切都太过想当然，已经忘了应该心怀感激。作为朋友，你一直在照顾我，而我始终没有和你说声谢谢。

雨下了一整天。

当她到达动物医院附近的咖啡馆时，裤脚和鞋都已湿透。每走一步都会在地上留下水迹。

"欢迎光临！"

她推门走进去，站在咖啡机旁的员工热情地招呼她。狭小的空间只摆了四张桌子，一个人都没有。不对，最里面的那张桌子旁坐着一个男人，他已经站起来，正和她打招呼。他是世伊的父亲，一个独自抚养十岁女儿的男人，一个在世伊的叙述中时常被省略的存在。

"您就是林海秀老师吧？您好，我是世伊的父亲。感谢您百忙之中抽出时间来见我。"

"您好，很高兴认识您。"

男人的衬衫领子向内翻卷，卡其色的棉裤布满褶皱，每当男人移动身体时，都会散发出刺鼻的樟脑丸的味道。她匆忙整理了一下滴水的雨伞，然后坐在了男人对面。男人走向服务台，回来时手里端着两杯咖啡。

"我以为世伊会和您一起来。"

男人回答道："我让她去动物医院等我了，主要是有几个问题想趁孩子不在的时候请教您。"

咖啡馆开着空调，室内相当凉爽，但男人不停地用纸巾擦拭额头和脸上的汗水，然后紧握着湿透的纸巾，似乎不知道该怎么处理。他还紧紧握着装有热咖啡的一次性杯子，用力保持着沉默。

"世伊怎么样了？还好吗？"最终她不得不起了个话头。

"老实说我也不知道。我问她，她也不回答我。有时候好像没事一样，我完全不知道她在想什么。不知道是不是我太迟钝了，还是她不想和我说话。孩子大了，变得越来越难以交流。我听说那天的比赛，您在现场，是吗？"

"是的，世伊邀请我去看她的比赛。当时我和其他家长一起站在遮阳棚下。请问您和那个孩子的父母聊过了吗？"

男人抬起粗糙的手揉了揉紧皱的眉头。又粗又短的指甲周围包裹着一圈黑色的污泥，凸起的血管四周布满了醒目的红色疤痕。

"不知道您是否知道，我和世伊她妈已经分居了，现在又正是我工作最忙的时候。我已经和世伊她妈说过了，但和对方父母交谈似乎并不容易。坦白说，世伊也受伤了，为什么他们只把世伊当成罪人来看呢。老实说，我压根不想和那些人交流。凡事总得说得通才能交流吧！"

"情况很严重吗？"

"世伊她妈第一次和对方联系时，对方居然说要调查真相，还说这很明显就是校园霸凌。他们把世伊当成怪物，作为父母，我们怎么能忍得了。您也了解世伊，她不是那样的孩子。即便真的打人了，她肯定有自己的理由。她绝不是无缘无故做出那种事的孩子。"

男人压抑着涌上心头的情绪，停顿了一下，喉结动了一下。她安静地等待着男人的下一句话。

"世伊以前从未遇到过这种事，能看出她有多伤心难过。我真想直接跑到学校闹一场，这个想法每天都会在我脑海里闪过好多次。哎呀，太不好意思了。我约您出来见面并不是想发泄情绪。"

男人又停顿了一下，以防从自己嘴里又冒出什么话来。片刻后，抿了口咖啡，又重复起刚刚的话。

"那家父母揪着世伊先动手这一点不放。您说，这么重视先后的人怎么能把世伊被排挤的事说得那么轻巧呢？我真的不理解。难道是因为世伊没有妈妈，他们才这样对待她的吗？我和世伊她妈也是最近才开始分居的。因为这件事，世伊本来就有点不开心，现在又发生了这样的事情，不知道会给她留下多大的伤害。实在是对不起，我忍不住在您面前说这些事。"

男人还在用手里那张皱巴巴的纸巾擦着脸上的汗，他的内心恐怕也变得和那张纸一样，脸色也愈加难看。

她试着转移话题。

"世伊有和您提过猫的事情吧？"

"什么？猫吗？嗯，我听说了，知道您和她一起救助了一只生病的小猫。"

"您有见过那只猫吗？它现在就在隔壁的医院里。"

"还没呢，我打算等会儿过去看看。其实我还在犹豫，养动物并没有想象中那么容易。而且我们家很小，光是照顾一个孩子已经很吃力了，还要加一只生病的小猫……"

两人都没有再说话。她端起凉掉的咖啡抿了一口，揣度着面前的男人约自己见面的意图。是不是世伊和他说了什么？为了世伊，有什么话是她必须和男人说的？又有什么话绝对不能说？

"我以前是做心理咨询的，世伊有和您提过这件事吗？"

"是的，我知道。之前世伊说过，您是很有名的人，名字在网上能搜到。"

"世伊吗？"

"对。"

男人的回答让她有些震惊。女孩对她的了解到底有多少？又是什么时候、在什么地方、通过什么方式了解的？女孩看到了多少有关她，而她无法一一解释的谣言？

她竭力甩掉这些念头。

"那我如实和您说吧。我曾在电视节目上批评一个名叫朴正奇的演员，说他无礼且不负责任，无可救药。当时有很多关于他的传闻，欠债不还，和同剧组的演员吵架。我不明白一个演员怎么会把自己的人生过成这个样子。几个月后，那个演员自杀了。您可能在新闻上看到过。自那以后，我成了杀人犯，不再是用语言治疗伤口的人，而是用言语杀人的人。"

她的声音柔和平静，没有一丝动摇。这是因为她正努力一点一点地远离自己。为了不再沉湎于自怜和自我贬低，她竭尽全力地躲避。但这真的可能吗？通过讲述别人的故事来应对自己的困境，这是可能的吗？

她此刻展现出的平静是虚伪的，只是表面而已。她依然痛苦煎熬着。那件事无法用语言叙述，她比任何人都更清楚这一点。

"因为那件事，我被停职了，也不再参加电视节目。之后，我什么都做不了，不和任何人见面，也不和任何人联系。我本以为自己会一直这样生活下去，直到遇到世伊，今年春天，在家门口的巷子里。"

男人静静地听着，眼中充满疑惑，不明白她为何突然开始讲述自己的故事，也不知道接下来会发生什么，依然耐心等待着自己想要听到的回应。而她也很清楚男人在等待什么，她不是不知道哪些话可以安慰他。那些眨眼即逝、转身便会忘记的话，说出来太容易了。

她不想那样做。无论是对男人，还是对世伊，那样的话没有任何帮助。

"世伊是个好孩子，这一点我可以保证。她知道怎么照顾流浪猫，也懂得如何与他人成为朋友。她是纯真善良、心思成熟的孩子。"

男人的眉毛微微动了几下。浓密的眉毛、下垂的眼睛、圆润的鼻梁、扁窄的人中、细长的薄嘴唇，她在男人的脸上看到了世伊的影子。

"但是这件事，世伊必须先道歉。她必须这么做。请告诉世伊，她一定要道歉。也请您教她正确的道歉方式。这是我想说的话。"

男人的脸突然僵住，像是走进了死胡同。男人微微张开嘴，又闭上。

他大概想质问她，是否知道在尚未弄清是非对错之前便下结论，会让孩子承受多大的痛苦。或许，他还想指责她，竟然和那无耻的父母站在一起。甚至，他可能更想声嘶力竭地问她，到底站在哪边。

这个男人心中的委屈，她不可能毫无察觉。但她并不打算戴着伪善的面具，用温暖和气的话安慰他。她不能掩盖问题，也不能让男人和女孩在未来的某一天陷入她曾经历的困境。

"只有世伊道歉了，这件事才有可能结束。其他问题等这件事结束后再想办法。世伊不应该因这件事受到伤害，这件事也不会伤害到世伊，她会学到重要的东西。请帮助孩子吧！请帮助她不要再犯同样的错误！"

男人挺直上半身，准备开口说些什么。她再次坚决地说道："其实问题很简单，我们只需要按照顺序一一解决，没必要把情况搞得太复杂。"

*

几天后，不知疲惫的夏日终于在燃尽所有热情后开始消退，持续不断的热带夜[1]也慢慢被浇灭了原有的气焰，从窗户吹进的晚风甚至带着一丝凉意。随着高温的结束，夏天终于也要结束了吗？一直以来，她的夏天都是在避暑地度过的。因此对她来说，夏天只不过是一个似近实远的景观罢了。然而今年，她仿佛赤裸着穿过了整个夏天。

深夜，她斜躺在沙发上看电视。

在冰冷的蓝色光线下，屏幕上的人和物频繁变化，出现又消失。她像猫一样将身体蜷起来，盯着

1　日韩气象用语，指夜间的最低气温在 25 摄氏度以上。

电视。

记忆的碎片浮现在她的脑海。那些以为早已遗忘的瞬间，那些亲身经历过的画面，变得越发清晰。

为了甩掉脑海里越发清晰的想法，她从沙发上站起身，关掉电视，推门走进了房间。她坐在书桌旁，这是她每天下午写信的地方。她已经好一阵子没有动笔了。她慢慢学会了不写信也能安然度过一天、一周、一个月的方法。她意识到那种想要写点什么的冲动，正在一点点消失。

第二天，她早早醒来。

今天是芜菁出院的日子。她简单打扫了一下屋子，在十点前出了门，步行前往动物医院。阴沉的天气，低矮的云层，阳光试图从乌云的缝隙间挤出来。她加快脚步，全速前进。

世伊已经到医院了。

"您好。"

坐在世伊身旁的女人率先与她打招呼，是世伊的母亲，每个月看世伊一次的母亲。女人身上散发着淡淡的玫瑰香气，夹杂着一丝刺鼻的酒精味。

"您就是世伊的母亲吧？很高兴认识您。"她礼貌地回应，视线不自觉地落在女人的指尖上。修长又光滑的指甲上点缀着闪亮的宝石和嵌珠，华丽的色彩和精美的花纹，让人不禁多看几眼。

"指甲的颜色是不是太深了？我开了一家美甲店。每次有新样式，我都会先试一下，这样也方便做宣传。不过这次好像有点太夸张了，客人似乎不太喜欢。看来得重新做了。"女人羞涩地笑了笑，张开双手展示她的指甲。

她回以一个礼貌的笑容，转头亲昵地对世伊说道："世伊，你今天来得真早呀！眼睛怎么了？受伤了吗？"

右眼戴着眼罩的女孩侧着脑袋抬起眼睛看向她，点了点头。女孩看起来有些消沉，状态似乎不太好。当然，也可能只是这个年纪的孩子故意在母亲面前耍小脾气。

"世伊，长辈在问你话呢，你怎么只点头，不回答呢？"

女孩看也不看母亲，勉强挤出一句话："确实受伤了，但没什么大不了的，过两天就能好。"

女孩的声音低沉沙哑，透着不忿。她没有问世伊今天为什么没去学校，也没有提起上次那件事的结果。她聊起了银杏树空地里的流浪猫。她告诉世伊，自己在那里见到了一只娇小可爱、与芜菁几乎长得一模一样的小奶猫。

"真的吗？阿姨，你去过了？什么时候去的呀？"

女孩的表情变得明亮起来。她继续说道，空地多了一张用结实的木箱改成的饭桌，还有人为流浪猫搭建了专属的塑料房子，它们再也不会淋雨了。

"我待会儿也想去看一看。妈妈，我可以和阿姨一起去吗？"女孩转向母亲征求同意，得到肯定答复后，得意地朝她笑了笑。

那一瞬间，连日笼罩在她心头的恐惧烟消云散。她认为，世伊和她的母亲有充分的理由误解自己。她担心自己的善意被曲解，更害怕自己曾遭受的审判会卷土重来。然而，在她们身上找不到一丝这样的迹象。

世伊看着的是眼前的她，她看着的是此刻的世伊。站在她面前的女孩坚强又勇敢，温柔又直率，这一点从未改变。

三人并肩坐在诊疗室里，听医生用干涩的声音说明芜菁的身体状况。

"因为炎症一直没有消退，所以手术结束得有点晚。我们先为它做了臼齿拔除手术，虎牙保留了下来。我会开点药，回去后让喂它吃几周，观察一下恢复情况。"

芜菁的出院手续办理完毕。护士逐一确认医疗记录上的项目后，将结算金额告诉她们。当她递上信用卡时，护士似乎突然想起了什么，急切地说，一部分金额已经提前支付了。

"支付？请问是谁付的呢？"

世伊的母亲走到她身边，低声说道："我付了一点点。本来想全部结清，可惜能力有限。况且您那么照顾世伊，我是真的很感谢您。"

"您太客气了，您愿意领养芜菁，是我该感谢您才是。"

"严格来说，照顾芜菁的不是我，是世伊。她拍着胸脯说，只要同意领养，她一定会照顾好芜菁。我相信她可以做到，也希望她能做好。"

她正琢磨着如何回应，女人轻快的声音又在耳边响起："您吃过饭了吗？如果还没有的话，我们一起在附近吃午餐怎么样？芜菁可以暂时寄放在这里，等吃完饭再过来接它。"

她没有理由拒绝，愉快地答应了。

"阿姨，你知道吗？躲避球真的是非常愚蠢的比赛。"

在前往餐厅的路上，女孩悄悄对她说道。女孩的母亲落后她们几步，正忙着打电话。不时能听到"颜色""管理""预约""顾客""不满""服务"等词。

"怎么了，是因为输了比赛吗？输掉比赛让你很伤心吗？"

女孩抬头看着她。

"不，不是这样的。不管多么努力练习，输都是一瞬间的事情。就算练习得超级、超级、超级努力，只要被球击中，一切就结束了。"

"毕竟练习只是练习，和真正的比赛不一样。真正的比赛会有什么样的结果，谁都无法预料。"她回答道。

孩子追问："那练习有什么用呢？一点帮助都没有。"

"你真的这样认为吗？"

"阿姨不是这样认为的吗？"

女孩问的只是躲避球吗？孩子是在提问，还是通过这样的问答式对话传达什么？

"当然，我不是那么想的。比赛输了，只要重新开始就行。输掉的一方总能学到更多东西。"

她想真的是这样吗？她可以拍胸脯保证吗？令她惊讶的是，她竟然在自己的话语中找到了一丝安慰。

*

李汉星代表：

您好。

我是林海秀。

我决定接受中心的决定。

此前我一直要求查看最后一次会议的记录，但现在不用再麻烦了。与赵敏英有关的事，我也不会追问。但我希望中心能够联系我曾负责的客户，在征询他们的意愿后对他们的咨询记录进行相应处理。至于我留在中心的私人物品，中心可以自行处置。

最后，我想向您表达我的感谢。从中心

刚开始运营到现在，我一直感受到您对我的关照。在陪伴中心成长的过程中，我也学习并得到了很多东西。能在那里工作是一件非常幸运的事，那些愉快而幸福的时光，我会珍藏在心中。

望您多保重。

万分感谢。

几天后，她去见了律师。

律师一脸疲惫地接待了她。会议室依然保持着她初次拜访时的样子，几乎没有什么摆设。她与律师面对面坐着。会议室外，电话铃声此次彼伏，脚步声和说话声忽远忽近。

她表明来意后，律师沉默了好久才回答道："嗯，虽说决定是由博士您来做的，但我还是要说，这不是一个明智的选择。放着不管解决不了任何问题，未来可能会出现什么问题谁也无法保证。无论如何，这个选择都会留下隐患。"

这些话她已经听过很多次了。律师转动着手里的圆珠笔，粗重的笔在他的大拇指上飞速旋转着。

"什么问题呢？还会出现什么新的问题呢？"

过去的她或许会问出这样的问题，而律师便会用冷静的声音，逐一列举她已经失去的、正在失去的、未来可能会失去的东西。她会闭上双眼，在什么都看不见的状态下，将律师的建议当作拐杖，想办法向后退。

"这种时候最好先让大家看到你的行动。杀鸡儆猴，我们只起诉持续在网上留下恶意评论的那几个人，告他们损害他人名誉。反正这件事已经过去一段时间了，不太可能掀起太大的波浪。"

有人敲响会议室的门，一个脑袋从门缝探进来，小声和律师说了几句话。律师点了点头，向他甩了甩手。

"不，没关系，我什么都不想做，而且也没有那个必要了。"她回答道。

律师用圆珠笔轻轻敲击办公桌，直直地盯着她，似乎想问她真的要放弃吗，是否为未来可能出现的情况做好了准备。但最终，律师的脸上表达出的只是对这个愚蠢决定的不解。

"好吧，既然您已经决定了，我就不劝您了。我只想提醒您，林博士，不要过分相信人。人的善意是有条件的。一旦状况发生变化，人们最先抛弃的便是对他人的善意，毫无例外。无论如何，您必须做好最坏的打算。"

律师的话或许是对的。多年来，他穿梭于执法机关和司法机构之间，用亲身经历深刻体会了这些道理。拨弄罪与罚天平的协调者，填补逻辑空隙的谋略者，寻找缺陷与漏洞的战斗者。

然而，她并没有像律师那样生活过，也无法像律师那样思考。她是一名心理咨询师，曾确认过无数人深藏于内心的脆弱与伤痛。如果没有善意与同情的支持，这种确认就无法实现。

此刻，她所拥有的，只剩下这样的信念。也许，这就是她唯一没有失去的东西，抑或是她所竭力坚守的？但她真的守住了吗？

"好，我知道了。谢谢您的提醒。"留下这句话后，她离开了那个地方。

那天下午，她和世伊一同前往那片空地。阳光明媚，湛蓝的晴空中缀着一团蓬松的白云。还处于夏天，但能够感受到它正在逐步退场。

"你去过妈妈家了吗？"她问道。

"嗯，我在那边住了两个晚上，还吃了炸鸡和比萨。而且，阿姨，妈妈家还有芜菁的房间，虽然有点小，但我把它布置得非常漂亮。那里还有我的房间，比家里的大多了！你想看吗？"

女孩拿出手机，展示了几张照片。

女孩的眼角还会时不时地反射性抽动，虽然眼罩已经摘掉了，但眼白上的淤血依然明显，眼皮上细长的伤口还需要更多的时间才能完全愈合。她没有问女孩什么时候去了妈妈家，也没有问那件事是如何解决的。

大人们出面进行了一场漫长的拔河，最终以道歉与补偿勉强了结。世伊转去了另一所学校。但她非常清楚问题并未彻底解决。这只是努力下勉强达成的休战状态，未来可能引发的问题和女孩内心深处的不安随时可能浮现。

女孩还有一场与自己的战斗。只有这场战斗结束，她才能真正明白自己失去了什么，得到了什么，守护了什么。

"眼睛好点了吗？看这里，能看清这是几吗？"

她快速晃动竖起的两根手指，带着一种老式的幽默和土气的玩笑，这是她小时候与长辈们常玩的幼稚游戏。

"不就是二吗？我的眼睛看得很清楚啦！"女孩调皮地皱了皱眉。

空地没有人，只有用木箱改成的饭桌和三四个结实的塑料箱子。当两人走近时，聚成一团的鸽子突然腾空而起，扬起一阵灰黄的尘土。

"哇喔，是真的！阿姨，看起来真的很不错呢，超级结实！是玛露妈妈做的吗？"

饭桌的一角贴着纸条，上面写着姓名、电话号码和"未经允许请勿擅自处理"的字句。那是玛露妈妈的号码。

世伊仔细察看了猫粮、水和塑料箱子内部，然后正式开始寻找流浪猫。先是绕空地转了一圈，随后搜索了草丛尤为茂密的地方，最后甚至走到了银杏树的背面。

"阿姨！"

她向女孩走近，女孩抬起头，指着银杏树后面。那里竟然还有一棵银杏树。两棵树基本长在一条直线上，从远处看似乎只有一棵。比起前面那棵，刚发现的这棵更高大、更葱翠。

"竟然有两棵银杏树，阿姨也不知道吧。"

"是呢，我一直以为只有一棵。"

她仰头望着银杏树，意识到原来时常让她抽离的绿色实际上来自后面那棵。只在书中才能读到的故事真切地存在于现实世界，那一刻她心里涌上一股莫名的感动。

不，她心里想，如果所有一切的存在都依赖于其他事物，那她依赖的是什么；反过来，什么人、什么事物依赖于她。想到这里，某些名字和某些瞬间一闪而过。

好久之后，草丛边两只猫小心翼翼地冒出脑袋，一只白猫和一只长得和芜菁几乎一模一样的猫。女孩将猫罐头一点点倒在一块宽扁的石头上，两只猫依次靠近，仔细地将食物舔干净，然后开始在她们身边徘徊。

两人在空地上待了一段时间，目睹了流浪猫尝试抓鸟的过程，看到了它们慵懒地舔着前爪晒太阳的姿态和躺在塑料箱里酣睡的模样。

宁静的下午，时间仿佛停止了流动。

可即便是在这样的瞬间，时间仍在流逝。当炎热消散，世界将迎来凛冽的冷风和飘落的雪花。时间不曾为任何人、任何事停留。所有生命都有责任穿过当前的时光，走向下一个时刻。

沉睡的时间此刻终于伸了个懒腰，开始活动了吗？它终于向前进了吗？她对自己的这种思考感到惊讶。

"世伊，你知道阿姨以前是一个有名的心理咨询师吧？也知道阿姨上过新闻，也上过节目吧？"

走出空地时，她问女孩。女孩在她身后正与流浪猫们道别，毫不在意地回答："知道。"她继续说，没有放慢脚步，也没有回头看女孩。

由她引发的事件的开端与结束，她独自熬过的时间，女孩可能已经知道但无法完全理解的某些时刻，女孩在即将到来的未来可能会面对的漫长黑暗。

"什么？阿姨，你刚刚说什么？我没听清。"女孩急匆匆地跑过来，扬起一阵尘土。

"阿姨说谢谢你，谢谢世伊能陪着阿姨。"

她没有再说什么。

*

世伊与她约好会在周六过来。

原本阴沉得像是要下雨的天空，在接近中午时渐渐放晴。她打开家里所有的窗户，又打开收音机，调低音量，从仓库搬出两张折叠桌。桌子既大又沉，需要双手搬动。她将桌子擦干净，然后进入房间，为桌子找放置的地方。

她最先开始整理的是书桌上零乱的杂物。一堆对她来说没什么用的东西被放进大塑料袋中：五颜六色的回形针和夹子、皱巴巴的笔记本和日历、期限已过的税收通知单和明细、不知何时从何处寄来的明信片、谁在什么场合递给她的名片、坏掉的圆珠笔、陈旧的备忘录、很久没有翻开的书。

最后，她拿起堆在桌子角落的一沓信件。那是她每天都在写的信，既没有写完，也没有寄出的信，里面充满她拼命找寻和精心挑选的文字。她不带一丝留恋地将它们全都扔进塑料袋，书桌顿时变得干净整洁。顺便整理了抽屉和书架，那些总觉得以后会用到的东西、那些深信总有一天会需要的东西、本以为自己到死都无法抛弃的东西，她没有过多犹豫，直接把它们扔掉了。

房间里慢慢有了空间。一道道汗水顺着她的脊背流下来。窗外时不时传来阵阵蝉鸣，时强时弱。打扫结束后，曾经拥挤沉闷的房间变得宽敞多了。她将两张折叠桌并排摆在房间正中央，仔细衡量了两张桌子是否在同一水平线上，然后搬来两张带靠背的椅子，顺手调节了一下座椅的高度。

她坐在椅子上，调整自己的呼吸。

她的目光在熟悉又陌生的房间里缓慢移动，仔细检查了稍后女孩坐在这里时可能看到、听到、感受到的东西。至少在视线范围内不能留下任何会让女孩紧张的东西，她似乎下定决心守护女孩好不容易才打开的心扉，不让其再次关闭。

不到两点，世伊已经来了，在她刚把几袋垃圾从屋内移到院子里时。

"这个是给你的，妈妈让带来的。"

衣着整洁的世伊站在门外，一看到她，便将手里的小购物袋递给她，里面装着一盒蛋糕卷和手工巧克力。女孩将自己换下的鞋整齐地摆放在门厅后走了进去。女孩没有像往常一样斜坐在沙发上，而是挺直了腰板，端正地坐着，似乎在严格遵守妈妈嘱咐的事项。

"世伊，吃过午饭了吗？要不要和我一起尝尝这个？"

她从购物袋里拿出包装盒，朝女孩晃了晃。

"和妈妈一起吃了午饭，那是给老师准备的。"

"老师？世伊，你怎么突然这样叫阿姨了？"

她的声音带着明显的惊讶，世伊脸上泛起羞涩的微笑。

"我也不知道，是妈妈让我这样称呼您的。"

她温柔地告诉世伊，不需要这样说。她和这个孩子并不是第一次见面。与她之前遇到的许多咨询对象不同，她们之间并不需要从头逐一了解所有事情，用客套的称呼来熟悉对方。

不过，这并不意味着她完全了解女孩。女孩的内心深处必然存在她无法知晓的一面。那是她想象之外、无法猜测的一面，它和日升日落、季节更替一样，都拥有鲜活又灵动的生命力。她永远无法追赶上这一面，也无法完全了解。

她与女孩在明亮通透的客厅待了一会儿，然后带女孩走进房间。

女孩略显紧张地跟着她。她拉出椅子，等待女孩入座。女孩很快找到了舒适的姿势。她环顾房间，再次检查光线和温度等细节，然后去厨房，端来两杯清凉的橙汁，将杯子放在桌上后，又拿来纸巾和三四块巧克力放在杯子旁。

她似乎无法踏实地坐在椅子上，很快意识到自己是在逃避这一刻。在多年的重复中，这件事的意义是否已经改变，所带来的骄傲和自豪似乎已经消失。

女孩喝着果汁，视线小心翼翼地追随她，眼神里夹杂着一些忧虑和好奇。

"阿姨忘记擦桌子了，请等一下噢。"

她试图再次逃离房间，女孩急忙叫住她："没关系，我擦过了！"

女孩立即用袖口作擦桌子的动作，看着她露出调皮的笑容。她只好在女孩对面坐下。她似乎回到了多年前开启这份事业时的心情，带着一些害怕与紧张，还有一丝期待与疑问。

上一个季节里，她在这个房间里独自写信。在这个像废墟一样、与外界隔绝的地方，她曾相信，自己能够用学到的东西与外界对抗。然而，她既没有胜利，也没有失败。时间仅仅像水一样流逝，与欢呼、嘲笑无关，她只是度过了那个时期。

她觉得自己至少可以把这些事告诉女孩，如果女孩愿意的话，如果女孩主动想要听。但在那之前，她会耐心等待、尽力倾听。

她放松肩膀，挺直腰背。女孩与她对视。

"不要紧张，随便说点什么吧，只要是你想说的都可以。"她开口说道。

明明在场的两人中紧张的是她自己。女孩害羞地笑着，但她明显感觉到女孩变得认真起来。女孩终于决定要述说自己的故事了吗？是不是找到了可以向她分享的秘密。

"准备好了吗？"

"我早就准备好啦！"

她用双手轻柔地抚摸着桌面，与女孩对视。此刻，她突然万分感谢这张桌子的存在，即使她早已忘记何时、何处、为何将它买了回来。石头和树枝堆放在一起，轻轻一碰便会坍塌，但它们也是最容易重新垒起、变成其他事物的东西。对于重建来说，这里是再适合不过的地方。

女孩开始讲述自己的故事。

在创作这本小说的过程中，我经常重温电影《无依之地》。

小说中确实有一个场景源自这部电影。奇怪的是，每次重看，它都会带给我不同的感受。最初，我以为它只是一个关于被资本主义秩序无情抛弃的故事，因情节过于贴近现实，反而有些平淡。某天，我突然意识到，它在描绘孤独的本质；有时，它仿佛在探讨选择沉默的理由；有时，它又像是在诉说无法弥补过往的遗憾。我曾认为这个故事经过自我合理化、自我怜悯和自我辩解的美化，但同时，我也相信它展示了一种用力拥抱人生的姿态。

我一直以为这种不断变化的感受源于电影本身，并试图在其中寻找答案，但实际上，它像是一个让我看见自己内心的镜头。

我希望这本小说也能以类似的方式被一些读者阅读，成为她／他们的镜头。

最后，我由衷感谢民音社编辑部，他们与我一同反复研读、细致打磨这份不完美的稿件。同时，我也诚挚感谢在写作过程中给予我支持的一切。

SPRING 野
更具体地生长

主　　编｜徐　露
策划编辑｜赵雪雨

营销总监｜张　延
营销编辑｜狄洋意　许芸茹　韩彤彤

版权联络｜rights@chihpub.com.cn
品牌合作｜zy@chihpub.com.cn

野 SPRING 望
MOUNTAIN

出品方　春山望野（北京）
文化传媒有限公司

Room 216, 2nd Floor, Building 1, Yard 31,
Guangqu Road, Chaoyang, Beijing, China